로크미디어가
유혹하는
재미있는 세상
ROK MEDIA
로크미디어

이것이 삶이다

이것이 법이다 15

2016년 9월 30일 초판 1쇄 인쇄
2016년 10월 6일 초판 1쇄 발행

지은이 자카예프
발행인 이종주

기획 팀 이기헌 송윤성 왕소현
책임 편집 최전경

발행처 (주)로크미디어
출판등록 2003년 3월 24일
주소 서울시 마포구 성암로 330 DMC첨단산업센터 3층 314호
Tel (02)3273-5135 **Fax** (02)3273-5134
홈페이지 rokmedia.com **E-mail** rokmedia@empas.com

값 8,000원

ISBN 979-11-5960-891-9 (15권)
ISBN 979-11-255-9575-5 04810 (세트)

자카예프 장편소설

이 소설은 픽션입니다.
등장하는 인물 및 지명 등은 현실와 연관이 없습니다.
또한 소설 내에 나오는 법이나 법리 해석의 경우에도 대중문학의 극적 전개를 위하여 일부분 과장되거나 변형된 것이 존재하니 실제 법과 혼동하지 않으시길 바랍니다.

CONTENTS

무엇보다 비싼 것은 양심

서광수는 그 사람을 알지 못했다. 아니, 알 수가 없었다.

"이 사람이 어떤 사람인지 아십니까?"

"모릅니다."

"지난번 상인회 회장이라고 하더군요."

"지난번 상인회 회장요?"

"네."

노형진이 알아본 바에 따르면 지난번 상인회 회장임과 동시에 이곳에 총 네 곳의 호프집을 가진 사람이기도 했다.

"네 개나요?"

"네, 그런데 죄다 오래된 곳이더군요. 당연히 리모델링 같은 건 하지 않았고요."

"으음……."

서광수가 가게를 열었을 때 가장 타격을 입은 사람은 과연 누구일까? 생각해 보면 금방 나온다.

"아마도 상습적인 녀석인 것 같습니다."

새로운 라이벌 업체가 생기면 그곳에 미성년자를 넣고 경찰에 신고해서 정지시킨다. 그렇게 세 번만 하면 상대방은 허가를 날려 버리고 빈털터리로 나가는 수밖에 없다.

"어쩐지 이상하다 싶었습니다."

성관중은 혀를 내둘렀다.

사실 신분증은 가짜가 많다. 특히 아무것도 모르는 애송이들이 만드는 것도 있다. 그런 건 보통 3만 원 정도의 저가형으로 조금만 잘 보면 가짜인 게 티가 난다.

그런데 이번에 서광수의 가게로 가지고 온 것은 티가 나지 않는 고가형. 아이들이 손에 넣을 수 없는 물건이었다.

"아마도 그런 식으로 상당한 수익을 냈을 겁니다. 제가 구청에 가서 이 지역의 기록을 확인해 봤습니다만."

노형진은 몇 장의 서류를 꺼냈다.

"이건?"

"지난 3년간 이 지역 업체의 변동 기록입니다. 그런데 이 기록을 보니 이상한 점이 드러나더군요."

시기별로 적혀 있는 기업들을 보면 특이한 점이 있다.

첫째, 새로 들어온 업체들이 오래 버티지 못한다. 둘째,

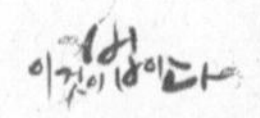

그에 반해서 오래된 업체는 생각보다 오래 버틴다. 막말로 3년간의 기록에 따르면 1년 이상 버틴 곳은 한 곳도 없었다. 그렇게 경쟁이 치열한 곳인데 정작 5년 이상 된 오래된 업소들은 그다지 변동이 없다. 그렇다는 건 경쟁은 새로운 업소들끼리만 생긴다는 것인데 그건 말도 안 되는 소리이다.

"왜 이런 짓을?"

서광수는 이해할 수가 없었다. 자신이 무슨 잘못을 한 것도 아니다. 그런데 왜 그런 짓을 하는지 이해할 수가 없었다.

"전 알 것 같은데요?"

성관중은 고개를 끄덕거렸다.

"이쪽 상권이 좋거든요."

"네?"

"상권이 좋습니다. 아주 좋은 상권이죠."

"그게 이것과 무슨 관계가 있죠?"

서광수는 아직까지 그런 것을 모르는 모양이었다. 하긴 원래는 다른 쪽에 일하던 사람이니 그런 것에 대해서 잘 모를 것이다. 노형진은 그런 서광수에게 차근차근 설명해 줬다.

"이 지역은 주변에 대학만 네 곳이 있고 버스를 타기 위해서 꼭 거쳐야 하는 곳입니다. 또한 지하철역도 있고요. 지역적으로 무척이나 좋은 상권이죠. 그런데 보통 이런 상권은 엄청나게 비쌉니다. 그런데 얼마 주고 들어오셨죠?"

"저요? 저는 7천에…… 월 500만 정도. 어? 그러고 보니?"

생각해 보니 이상했다. 개업하기 전 많은 자리를 알아봤다. 그런데 이곳만도 못한 곳이 1억이 넘는 보증금을 요구하는 경우도 있었다.

"여기는 무척 싸죠. 그래서 들어온 거 아닙니까?"

"네."

"그겁니다."

"그거라니요?"

순간 이해하지 못하겠다는 표정을 지은 서광수. 성관중은 그를 위해 천천히 설명했다.

"결국 상권이 살았다는 것은 월세가 오른다는 겁니다. 하지만 이상하게 계속 가게가 망해 나간다면 주인들은 뭐라고 생각할까요?"

"아!"

그렇게 된다면 분명히 상권에 문제가 있을 거라 생각할 테고 섣불리 세를 올리지 않을 것이다. 실제로 이곳의 건물 중 일부가 좋은 상권임에도 불구하고 비어 있는 상황이다.

"일단 그들은 세를 내지 않음으로써 상당한 수익을 낼 수 있습니다."

"그렇군요."

이 정도 상권이면 지금보다 훨씬 더 많은 세를 내야 한다. 당장 300만 정도 올려 받아도 이상할 게 없는 상권인 것이다.

"두 번째는 투자죠."

"투자?"

"네."

상권이 발달하면 필연적으로 경쟁이 치열해진다. 맛없고 디자인이 구린 집은 도태된다. 즉, 마음 놓고 장사하는 게 아니라 끊임없이 개발하면서 리모델링도 해야 한다.

"그런데 이곳은 그런 곳이 아니지요. 애초에 이곳에 자리 잡은 이유 중 하나가 허름한 가게들 때문이라고 하셨지요?"

"네, 그래서 새로운 가게가 들어오면 경쟁력이 있을 거라고...... 끄응......."

"맞습니다."

새로 들어온 업체들이 망해 나가면 이들은 리모델링을 할 필요가 없어진다. 또한 새로운 음식을 개발하거나 질이 나쁜 재료를 써도 된다. 어차피 가게는 자신들의 것뿐이니까.

"그런 겁니다. 상인회에서 조직적으로 끼어든 건 의외지만 말입니다."

"도대체 그렇게 얼마나 번다고......."

"아마 1년에 1억 이상의 추가 수익이 나지 않을까요?"

입을 쩍 벌리는 서광수였다.

그런데 생각해 보면 당연하다. 이곳의 세는 다른 곳보다 월 평균 300만 원 이상 싸서 1년에 3,600만 원 정도 더 절약된다. 그런데 보통 다른 곳은 2년에 한 번 정도 리모델링을 하는 데에 7천 정도 든다고 치면 1년에 3,500만 원 정도 더

드는 것이 되니 이것만 해도 7천이 넘는다.

"거기에다가 질 낮은 재료를 이용하면 더 많이 남지요."

"이런 미친……."

순수하게 경쟁이라고 생각하고 들어왔는데 이 바닥은 모조리 협잡이라는 사실에 서광수는 어이가 없어졌다.

"아니, 부동산 업자는 그런 말이 없었는데요? 상권 좋다고만 이야기했고 제가 봐도 그렇게 보여서 들어온 건데."

"부동산 업자야 부동산 중계로 돈을 버는 직업 아닙니까? 일단 거래를 성사시키기 위해서 노력하지요."

"끄응……."

"그들이 이런 사실을 몰랐을 리는 없죠. 자신들이 중계해준 건데. 하지만 어차피 한번 떠나면 안 볼 사람들이니까요."

빈 상가가 나오면 또다시 다른 사람이 들어오려고 한다. 그럼 그들은 중계받는다.

"자세한 상황을 모르겠지만 아마 안다고 해도 모른 척할걸요?"

서광수는 앞이 캄캄해졌다. 노형진의 말이 맞기 때문이다. 그들이 자신들에게 그런 걸 말해 줄 이유는 없다. 사기도 뭣도 아니니까.

"그럼 어떻게 해야 하나요? 그냥 버티나요?"

"글쎄요. 그냥 버티는 걸로는 한계가 있을 겁니다."

"미성년자만 잘 걸러 내면 되는 거 아닙니까?"

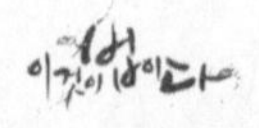

형진은 고개를 흔들었다.

"미성년자는 그냥 첫 번째 시도일 겁니다. 아무것도 모르는 사람은 쉽게 걸리겠지만 이런 쪽에서 장사해 본 사람은 쉽게 걸리지 않지요."

"아!"

생각해 보면 이렇게 조건이 좋은 곳에 다른 사람들이 들어오지 않았을 이유가 없다. 여기에 들어온 사람들 중에는 서광수처럼 초짜가 아니라 사업을 해 본 사람도 있을 것이다. 그러나 그들조차도 이곳에 왔다가 함정에 빠져서 버티지 못하고 나간 것을 보면 이들이 다른 방식으로 새로운 상인을 쫓아낸다는 것을 알 수 있다.

"그럼 어쩌죠?"

도무지 자신의 머리로는 이 상황을 이해할 수가 없었던 서광수는 도움을 바라는 눈빛으로 노형진과 성관중을 바라보았다.

"성 변호사님은 어떻게 생각하십니까?"

노형진은 성관중을 물끄러미 바라보았다. 자신도 이런 쪽에 대해서 잘 알기는 하지만 이런 쪽 일을 하고 싶어 하는 사람이 성관중인 만큼 그의 의견이 중요하다.

"음…… 아마도……."

성관중은 잠시 고민하는 듯하더니 고개를 끄덕거렸다.

"다음번은 세균이 아닐까 싶네요."

"세균?"
"네, 여름이잖습니까?"
"맞습니다. 여름이죠. 정확한 지적입니다."
서광수는 얼굴을 찌푸렸다.
"이곳에 있는 음식들은 깨끗합니다. 절대로 그럴 리 없어요!"
식중독이 발생하면 그곳은 몇 달 단위로 정지를 먹인다. 그러니 음식점의 입장에서는 타격이 클 수밖에 없다.
"흠……."
노형진은 잠시 고민에 빠졌다.
'알바가? 그럴 리 없지.'
알바를 투입시켜서 하기에는 위험한 일이다. 당장 알바들이 수시로 바뀌는 것이 현실인데 누가 그런 부담스러운 일을 하려고 하겠는가?
'결과적으로 그들과 끈이 있어야 한다는 건데.'
더군다나 업체가 바뀔 때마다 그런 짓을 해 주려면 알바로는 안 된다.
노형진의 고민을 알아서일까? 성관중 역시 한참 생각하다가 고개를 들어서 서광수에게 뭔가를 물어봤다.
"혹시 말입니다, 이곳에 음식을 어디서 가지고 옵니까?"
"음식이라니요?"
"옛날에 제가 알바를 할 때는 보통 음식을 공급받았거든요. 따로 장을 안 보고."

"우리도 당연히 업체에서 공급을……."

말을 하던 서광수는 입을 다물었다. 뭔가 머릿속을 스치고 지나갔기 때문이다. 노형진 역시 그 말에 바로 알아차렸다.

"그런 곳이겠군요."

"네? 하지만 그들은 그런 걸 팔아서 먹고살잖아요?"

당연히 업체가 많아지는 게 좋은 것 아닌가? 그런데 왜 그들이 그런 짓을 한단 말인가?

"마찬가지죠."

새로운 업체가 생긴다는 것은 새로운 거래처가 생긴다는 뜻이기도 하지만 그쪽이 바뀌는 만큼 자기들도 새로운 경쟁 업체가 생길 수 있다는 뜻이기도 했다.

"상식적으로 이쪽이 장사가 잘되면서 업체들이 계속 바뀌면 그들을 노리는 납품 업체들이 안 생기겠습니까?"

"……."

그렇게 되면 재수 없으면 기존에 있던 업체들까지 빼앗기게 된다. 그러니 그들로서는 마냥 좋아할 수는 없는 노릇.

"하지만 그들과 결탁하면 상황이 바뀌죠."

그들과 결탁하는 대신에 그들에게 공급을 약속하면 라이벌이 들어올 틈이 없다. 라이벌이 들어오지 않으면 결국 공급 업체 하나가 이 바닥을 다 삼키는 꼴이니 이쪽 시장 자체가 좀 작아지는 문제는 있지만 자신들은 안정적으로 수익을 창출할 수 있게 된다.

"너무하네요."

"원래 커넥션이라는 게 그러면서 생기는 겁니다."

자기들끼리 뭉쳐서 뭔가를 해 먹으려고 하는 것. 그것 때문에 생기는 것이 커넥션이고 그게 공고해지면 카르텔이 되는 것이다.

"일단은 식자재를 잘 확인해야겠군요."

서광수는 고개를 끄덕거렸다.

"안녕하세요."

"좋은 아침."

서광수는 언제나처럼 즐거운 마음으로 들어왔다.

입구에 노형진의 조언대로 신분증 검사기를 설치하고 난 후 가게에 미성년자가 찾아오는 일은 없었다. 아니, 신분증을 위조해서 들어오려고 하는 경우 민사소송까지 한다는 소식에 누구도 오려고 하지 않았다.

"오늘도 수고들 좀 해 줘."

"네."

알바생들과 인사하면서 그날 장사를 준비하려고 하는 그때였다.

"저기, 사장님."

"응? 왜?"

"재료가 좀 안 좋은데요?"

"재료가 좀 안 좋다니?"

그는 정신이 번쩍 들었다. 노형진이 해 줬던 경고가 생각났기 때문이다.

"이것 좀 보세요."

그 알바생은 조리학과 출신으로 원래 조리 쪽에 관심이 많은 아이였다. 그래서 특별히 주방 보조로 고용한 것이다.

"멀쩡해 보이는데?"

"보통 사람이 보면 그렇지요. 눈 감고 냄새를 맡아 보세요."

"이게 뭐가 어떻다고."

눈을 감고 튀김용으로 들어온 오징어 냄새를 맡던 서광수는 움찔했다. 평소에는 맡지 못한 뭔지 모를 역한 냄새가 살짝 났기 때문이다.

"뭐야?"

"아무래도 아슬아슬한 물건인 것 같은데요?"

"아슬아슬한 물건?"

"네."

서광수는 그 알바생과 함께 다른 물건들의 상태를 꼼꼼하게 살피기 시작했다. 그 결과, 대부분의 음식들의 상태가 그다지 좋지 못하다는 사실을 알아차렸다.

"이 무슨……."

단순히 아슬아슬한 물건일까? 그는 미심쩍었고 바로 노형진을 불렀다.

"노 변호사님, 좀 와 주셔야겠습니다."

⚖

"흠……."

노형진은 음식의 상태를 보고는 고개를 흔들었다.

"진짜네요. 아슬아슬하게 유통기한에 걸친 물건입니다."

"이놈의 새끼들을……!"

즉, 본격적으로 질이 낮은 물건을 들여보내고 있다는 뜻이다.

"워워, 진정하세요."

노형진은 그를 진정시켰다.

"말씀드렸다시피 아슬아슬하게 유통기한에 걸친 물건이라고 했잖습니까? 법적으로는 허용됩니다."

"뭐라고요?"

어이가 없다는 얼굴이 되는 서광수였다.

"그리고 고작 이런 걸로 엿을 먹으려고 했다는 건 좀 약합니다. 다른 꼼수가 있을 겁니다."

"다른 꼼수?"

"네."

노형진는 싱싱해 보이는 채소를 바라보았다. 물론 겉으로

만 싱싱해 보일 뿐, 그 상태는 그다지 좋은 것이 아니었다.

"그 조리학과 학생이 어느 학교라고 했지요?"

"네?"

"느낌이 있어서 그렇습니다."

노형진은 자신의 느낌이 기우이기를 바랐다.

⚖

"대장균이군요."

노형진의 말에 얼굴이 핼쑥해진 서광수와 성관중이었다.

노형진은 그날 가게를 쉬게 하고 대학 연구실에 모든 재료에 대한 검사를 맡겼다. 그리고 다음 날 결과가 나오는 걸 보고 고개를 끄덕거렸다.

"대장균요?"

"네, 이건 정상적인 수치가 아닙니다."

물론 기준치 이하라는 뜻이 아니다. 그렇다면 자신이 말을 할 이유가 없었다.

"아무리 채소를 험하게 굴려도 이 정도 수치의 대장균이 나오지는 않습니다."

"그게 무슨 뜻이죠?"

"뿌렸다는 거죠."

"네?"

순간 이해하지 못하던 서광수는 너무 놀라서 화조차도 낼 수가 없었다.

"그러니까 이쪽으로 오는 걸 알고 대장균을 음식물에 넣었단 말입니까?"

"네."

"이런 미친놈들……."

이건 사람이 먹어야 하는 물건이다. 그런데 거기에 대장균을 넣다니.

"돈이 우선이잖습니까?"

노형진은 서류를 탁 내려놨다.

"그럼 어쩌죠? 이제 우리가 직접 시장을 봐야 하나요?"

"아니요."

노형진은 미소를 지었다.

"지금부터 역습할 시간입니다. 후후후."

"역습?"

"네."

⚖

과수상회는 주변 상가들에 식자재를 납품하는 곳이다. 그러나 실제로는 상가들과 검은 카르텔을 이루고 살아가고 있었다. 그런 그들에게 불운한 그림자가 들이닥친 것은 순식간이었다.

"검사 나왔습니다."

"검사라니요?"

식당도 아니고 납품 업체에 검사는 생소한 일이었기에 그는 고개를 갸웃했다. 하지만 보건소는 단호했다.

"이곳에서 대장균이 검출되었다는 이야기가 있습니다."

"대장균이라니요?"

가슴이 철렁하는 주인이었다.

'걸렸나?'

하지만 그럴 리 없다. 지금까지 누구도 그걸 알지 못했다. 아니, 알 수가 없었다. 보이지도 않는 대장균을 어떻게 안단 말인가?

'하지만 왜?'

그런데 안 걸렸다고 보기에는 너무 정곡을 찌르고 있었기에 그는 떨리는 목소리로 되물었다.

"대장균요? 확실한 겁니까?"

"네, 확실합니다."

보건소 직원은 확실하게 못을 박았다.

"잠시면 되니까 기다려 주십시오."

그는 시료를 꺼내서 주변에서 채취한 샘플로 반응 실험을 하기 시작했다. 정식으로 조사하는 건 시료를 채취해서 검사해야 하지만 이렇게 조사하는 것은 이 정도만으로도 충분했다.

"그럴 리 없습니다. 대장균이 나올 리가요. 우리가 아침마다 신선한 재료를 직접 엄선해서 오는데."

그는 애써 변명했다. 하지만 어떤 구역에 도착해서 그곳에서 검사하던 남자는 고개를 돌려서 상관을 바라보았다.

"여기에 반응이 있는데요?"

"반응요?"

"네, 대장균 반응입니다. 일단은 가지고 가서 검사를 좀 해 봐야겠습니다."

주인은 사색이 되었다.

"아이고, 배야! 아이고 배야!"

"어쩔 거야! 응? 상한 음식물이나 팔고 말이야!"

서광수의 가게에 와서 깽판을 치는 사람들. 그들은 마치 서광수의 가게 때문에 배탈이 났다는 식으로 이야기하고 있었다.

"이거 보여? 이거! 대장균 때문에 식중독이 걸렸다잖아!"

"어떻게 책임질 거야!"

"사람이 말이야! 양심적으로 장사해야지!"

그들이 깽판을 치고 있었지만 이렇게 될 거라는 걸 알고 있었던 서광수는 그다지 놀라지 않았다. 도리어 다른 아르바

이트생들이 안절부절못하고 있을 정도였다.

"와, 이 새끼 진짜 뻔뻔하네."

"야, 안 되겠다! 경찰 불러! 경찰!"

"구청에 연락해서 영업정지 먹여야겠네!"

그렇게 마구 소란을 떠는 그들을 그저 지켜보기만 하는 서광수.

때마침 그가 기다리던 사람이 드디어 들어왔다.

"그래서 언제 드셨는데요?"

"뭐?"

"언제 드셨느냐고 여쭤 보는 겁니다."

"나흘 전이다. 됐냐?"

"나흘 전? 확실합니까?"

"그래! 확실해!"

노형진은 자신의 뒤에 있는 남자들을 바라보았다.

"나흘 전이라는데 어떻게 생각하세요?"

"일단 데리고 가서 검사해 봐야겠네요."

"검사? 뭔 검사?"

"이분들은 보건소에서 나오신 분들입니다."

남자들은 움찔했다.

물론 그들도 보건소를 부르려고 했다. 그래야 영업정지를 먹일 수 있으니까. 그런데 저쪽에서 먼저 부르니 왠지 주춤했던 것이다.

"그래! 가자! 가서 조사하자고!"

하지만 당당하게 조사하자고 하는 그들. 하지만 그들은 다음 말에 일이 꼬였다는 사실을 알 수 있었다.

"하지만 어찌 되었건 이곳은 아니겠군요."

"뭐라고? 지금 편들어 주는 거야?"

"편들어 주다니요. 무슨 말씀을 그렇게 하세요? 그게 아니라 그날 이곳은 영업하지 않았거든요."

"뭐?"

"영업하지 않았습니다. 대장균이 나왔다는 신고가 있어서 아예 손님을 받지 않았으니까요."

그들은 말을 떠듬떠듬 더듬기 시작했다.

"어…… 그날 불 켜져 있던데……."

"그거야 내 마음이지."

서광수는 피식 웃었다. 이렇게 될 줄 알았다. 그날 영업하지 않았으니 당연히 식중독에 걸린 사람이 나올 리 없다.

"그…… 그럼 그다음 날……! 그래! 그다음 날이야!"

"그때도 소독하느라고 영업하지 않았습니다."

"누가 믿어!"

"보건소에서 감독했습니다. 안 그런가요?"

노형진의 질문에 보건소 직원은 고개를 끄덕거렸다.

"맞습니다. 우리의 감독하에 모든 장소를 청소하고 소독했습니다."

"어……."

그들은 할 말을 잃어버렸다. 영업하지 않은 날에 와서 대장균에 감염되었다는 건 말이 되지 않기 때문이다.

'이런 젠장…….'

"애초에 여기서 먹었다는 것 자체가 의심스럽군요."

"뭐라고요?"

"아닌가요?"

"무슨 소리야!"

"일단 확인해 보면 알겠지요."

노형진은 미소를 지었다.

"이거, 여러분 맞지요?"

"……."

광수의 가게에서 깽판을 치던 세 사람은 서로 눈치를 보면서 대답하지 못했다. 그럴 수밖에 없는 게 광수의 가게가 아니라 다른 곳으로 들어가는 그들의 사진이 찍혀 있었던 것이다.

'디지털 카메라에 영광이 있으라. 흐흐흐.'

필름 카메라라면 거기에 들어가는 모든 사람들을 찍지는 못했을 것이다. 하지만 노형진은 분명 그들이 현금으로 돈을 받을 거라 생각했다. 그리고 그걸 받을 만한 곳은 뻔했다. 가게 네 곳 중 한 곳. 그곳에 사람을 배치하고 수상한 사람들을 찍게 한 것이다. 그리고 영업시간도 아닌 시간에 우르르 들어가는 그들의 모습이 정통으로 걸린 것이다. 세상에 영업시간도 아닌 시간에 호프집에 누가 들어가겠는가?

"그건…… 무슨 사진입니까?"

"누가 제보해 줘서요."

"……."

"자, 그럼 여러분의 선택이 남았습니다."

"선택?"

"공갈죄로 감방에 가실래요, 아니면 사실대로 말하시겠습니까?"

"공갈이라니!"

애써 모른 척하고 있었지만 그들은 속으로 미친 듯이 떨리고 있었다. 노형진이 모든 것을 알고 있다는 사실을 알아챈 것이다.

"제가 모를 것 같습니까?"

노형진은 그들이 누군가의 사주를 받고 서광수의 가게를 망하게 할 목적으로 왔다는 사실을 알고 있었다. 그리고 그 점을 이용해서 역습하기 위해 이들을 잡은 것이다. 그래서 마치 영업하는 것처럼 꾸민 것이고 말이다.

"여기서 돈을 받고 사기를 쳤다는 사실이 알려지게 된다면 아마 여러분들은 전과를 달겠지요. 뭐, 살기는 좀 빡빡해질 겁니다. 전과자를 써 주는 세상이 아니니까요."

"……."

"그런데 말입니다, 단순히 식당을 착각한 거라면 이야기는 달라지죠."

"식당을 착각하다니요?"

구사일생이라는 느낌이 들어서일까? 그들의 말투가 갑자기 존댓말로 바뀌었다.

"뭔가를 드신 곳이 여기가 아니라는 거죠."

"어……."

"그리고 어디에서 드셨는지 증거는 있는 것 같습니다만?"

노형진은 웃으면서 사진을 흔들자 그들은 자신들에게 선택권이 없음을 느낄 수밖에 없었다.

"으아아아!"

서태섭은 미칠 것 같았다. 자신에게 벌어진 일이 믿을 수가 없었던 것이다.

"이게 뭐야!"

그들은 세균에 대해서 전혀 몰랐다. 그저 대장균이 나오면 영업정지가 될 거라고 생각했을 뿐이다. 그래서 서광수의 가게에 들어갈 음식에 대장균을 뿌린 것이다. 그러나 그들은 대장균이라는 게 쉽게 퍼지는 것이라는 걸 몰랐다는 것이 문제였다.

사전에 알아챈 서광수가 공급 업체를 대장균으로 의심된

다며 신고했는데 검사 결과, 진짜로 대장균이 나온 것이다.

당연하다. 거기서 뿌렸으니까.

문제는 그 가게가 자신과 상인회 소속 가게에 재료를 납품하던 가게였다는 것이다. 집중적으로 뿌린 건 서광수의 가게 물건이라고 하나 더운 여름 날씨에 급속도로 퍼진 대장균은 순식간에 다른 음식물을 오염시켰고, 그 때문에 공급받은 곳에 대한 전수 검사에서 무려 80%의 가게가 대장균 판정을 받은 것이다.

더군다나 서광수는 네 곳 다 대장균 판정을 받는 것만으로도 부족해서 돈을 준 녀석들이 배신하는 바람에 영업정지까지 받고 말았다. 그 녀석들이 갑자기 자기네 가게에서 음식으로 먹고 대장균에 걸렸다고 신고해 버린 것이다. 당연히 역학조사가 들어왔고 그 가게에서 대장균이 나와 버렸다.

"이 개새끼들!"

서태섭은 길길이 날뛰었지만 그렇다고 영업정지를 풀 수는 없었다. 몰랐다고 하기에는 문제가 심각했다.

"이봐, 서 회장! 일이 어쩌다 이렇게 된 거야?"

"나도 몰라!"

"알아서 한다면서!"

"일이 이렇게 될 거라는 걸 누가 알았겠냐고!"

도리어 상권 자체가 박살이 날 정도의 문제였다. 소문이 나면서 손님들이 급감했기 때문이다. 도리어 미리 대장균을

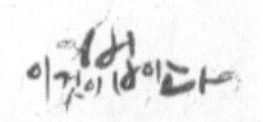

알아챈 서광수의 가게는 믿음직스럽다면서 손님이 줄을 서서 기다리기 시작했다. 특히나 후줄근한 내부 인테리어 때문에 가게가 오래돼서 대장균이 생긴 거라는 얼토당토않는 오해를 받은 것이 타격이 컸다.

"젠장!"

그는 비명을 질렀지만 이미 버스는 떠난 후였다.

⚖

"이제는 다시는 안 그럴까요?"

"그럴 리 없죠."

사람이 그렇게 쉽게 변하지 않는다는 것을 노형진은 잘 알고 있었다.

"그리고 이대로 끝나면 저 녀석 때문에 망해 버린 다른 사람들이 불쌍해집니다."

"그렇기는 하죠."

자신들의 이권을 위해서 사람들의 전 재산을 날려 먹은 인간들이다. 그러니 그냥 용서할 수는 없는 노릇.

더군다나 이건 단순히 자기들의 생존이 걸려 있어서 한 것도 아니었다. 그저 자신들이 좀 더 잘 먹고 잘살기 위해서 벌인 짓.

"그럼 어쩌시려고요?"

"저들에게 오랜 명언을 알려 줘야지요."

"명언?"

"인생은 실전이다, 이 좆만아. 후후후."

인실좆을 시전합니다

“젠장.”

서태섭은 지난 며칠간 손해 본 걸 생각하면 속이 쓰릴 지경이었다. 그나마 다행인 것은 이번 사태에 그들의 책임이 적었기 때문인지 영업정지를 길게 먹지는 않았다는 점이다.

하지만 문제가 아직 끝난 것은 아니었다.

“이보게, 서 사장. 이거 어떻게 할 거야?”

“뭘!”

“나 말이야! 나!”

다른 업체들은 자기 잘못이 아니라고 하지만 그들에게 음식을 납품하던 업체는 명백하게 자기 잘못이다. 그래서 그는 무려 2개월의 영업정지를 당해야 했다.

"아무런 문제 없을 거라면서!"

"내가 언제!"

"지난번에 그랬잖아!"

"몇 월 며칠 몇 시에!"

"진짜 이러기인가?"

"난 몰라."

이들은 이득을 위해서 뭉친 사람들이다. 당연히 상대방이 자신에게 이득이 되지 않는다고 생각한다면 가차 없이 쳐 낼 것이다.

문제는 그걸 모두들 다 알고 있었다는 것이다.

"이러면 곤란할 텐데?"

"뭘 곤란해! 자기가 관리하지 못해서 터진 일을 가지고 왜 우리한테 지랄이야! 지랄이! 도리어 우리가 손해배상을 해야 하는 거 알아, 몰라?"

"서 사장, 진짜 그렇게 나올 건가?"

"몰라! 배 째!"

남자의 얼굴에 독이 올랐다.

자신이 2개월 쉰다면 저들도 2개월을 쉴까?

그럴 리 없다.

그럼 그들이 그동안 자신을 기다려 줄까?

그럴 리 없다.

다른 사람을 들일 테고 당연히 그쪽과 계속 거래할 것이다.

"후회할 텐데."

"뭐라고?"

눈을 부라리는 서태섭.

하지만 공급 업소 사장은 톡톡 자신의 핸드폰을 두들겼다.

그게 뭘 의미하는지 서태섭은 어렵지 않게 알아차릴 수 있었다.

그걸 깨닫는 순간 서태섭의 얼굴은 사정없이 구겨지기 시작했다.

"너…… 설마 이 새끼……."

"후후후, 내가 너희 따위를 믿을 줄 알았냐?"

"너 이 새끼! 배신이냐!"

"배신은 그쪽에서 먼저 한 거잖아. 안 그래?"

"이익……!"

"과연 이 사실이 외부에 나가면 어떻게 될까?"

서태섭은 눈을 찡그렸다.

"요구하는 게 뭐야?"

"내 동생이 말이야, ㅇㅇ동에서 납품을 하거든? 거기서 시켜. 그리고 나 영업정지 끝나면 다시 나한테 시키고."

"이익……."

서태섭은 이를 악물었지만 이미 상황은 늦은 상태였다.

"같이 살자며? 그럼 죽을 때도 같이 죽어야지. 안 그래?"

업체 주인은 이를 빠드득 갈았다.

⚖

"알아봤습니까?"

노형진은 그들이 거래선을 바꾸자마자 바로 그쪽에 대해서 알아보기 시작했다. 고문학은 순식간에 조사를 끝냈다.

"지금 거래를 튼 곳은 기존에 거래하던 과수상회의 사장 동생이 하는 곳입니다."

"역시 그렇군요."

노형진는 고개를 끄덕거렸다. 성관중은 고개를 갸웃했다.

"그게 무슨 관계가 있나요?"

"네, 있지요. ○○동은 그곳에서 무려 30킬로미터나 떨어져 있다는 게 문제죠."

"그렇기는 하죠. 그런데 그게 뭐가 문제라는 거죠?"

"당연히 거리가 멀어질수록 가격이 오르기 때문입니다."

바로 옆도 아니고 무려 30킬로미터나 떨어져 있다. 아예 다른 도시다. 그런데 그런 곳에서 시킨다는 것은 말이 안 된다. 그 거리를 달려서 납품하려면 기름이 들어갈 수밖에 없으니 당연히 가격이 오른다.

"그쪽은 기본적으로 과수상회가 납품하고 있었다고는 하지만 그 주변에 납품 업체가 아예 없는 건 아닙니다."

그 골목에 납품한 게 과수상회인 거지, 다른 곳에 아예 가게가 없는 것은 아니니 만일 원한다면 주변에서 다른 사람들을 구할 수 있었을 것이다.

"그런데 왜 손해를 보면서까지 무려 30킬로미터나 떨어진 다른 도시에 있는 상인에게 납품받을까요?"

"음……."

성관중은 잠시 고민에 빠졌다.

"의리 때문은 아니겠지요?"

"그럴 겁니다."

돈 때문에 사람을 그렇게 망하게 내보내는 작자들이 과연 의리가 있을까? 그럴 리 없다.

"그렇다면?"

"약점이 잡혔다는 소리지요. 사실 이런 일에 대해서는 가장 흔하게 벌어지는 일이 아닙니까?"

"그건 그렇지요."

성관중은 고개를 끄덕거렸다.

"확실히 인간이란 배신을 안 하고는 못 사는 종족인가 봅니다. 하하하."

그는 기분 좋게 웃었지만 아마 그들은 서로 견제하고 의심하느라고 정신이 없을 것이 뻔했다.

"아마도 이번 일을 이용해 서태섭이 과수상회를 쳐 내려고 했을 가능성이 높습니다."

"왜요?"

"당연한 거죠."

막대한 돈이 되는 자리다. 그인들 자신과 친한 누군가를 넣지 않고 싶겠는가?

"그리고 그걸 모를 과수상회 사장이 아니죠."

애초에 이런 말도 안 되는 작전에 동참했다는 것 자체가 그 사람의 성격이 그다지 좋지 못하다는 증거이니, 그런 사람이 나중에 대비한 뭔가를 준비했을 가능성이 높다.

"결과적으로 말입니다, 과수상회에서 약점을 잡고 있는 겁니다. 그것도 상당히 큰 약점을요."

"음…… 그게 뭘까요?"

"글쎄요……. 알아봐야지요."

노형진은 곰곰이 생각에 빠지면서 고개를 끄덕거렸다.

"반갑습니다. 노형진입니다."

노형진은 대담하게 가기로 했다. 어차피 저쪽과는 싸울 수밖에 없는 상황이니까.

"왜 찾아온 거요?"

아니나 다를까, 과수상회의 사장인 김백진은 통명스러운 얼굴로 노형진을 맞이했다.

'좋을 수는 없지.'

자신을 이렇게 만든 것이 다름 아닌 서광수다. 서광수의

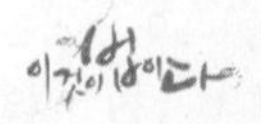

법정대리인으로서 그를 만나러 온 게 노형진이고 말이다. 그러니 좋게 대해 줄 리 없다. 물론 노형진도 그걸 기대한 게 아니었다.

"간단하게 말씀드리죠. 그쪽 실수로 인해서 벌어진 손해에 대한 배상을 해 주시기 바랍니다."

"뭐? 손해배상?"

"그렇습니다. 하루 평균 수입인 50만 원을 배상해 주시기 바랍니다."

"하! 기가 막히네! 고작 50만 원 가지고 지금 뭐라고 하는 거야?"

"당신한테는 고작일지 모르지만 큰돈이죠. 그리고 당신 때문에 영업 못 한 시간이 이틀입니다. 그러니까 100만 원이라는 뜻이죠."

"뭐라고?"

"안 그러면 법대로 하는 수밖에 없고요."

"이 인간이 정말!"

당장이라도 노형진을 때릴 것처럼 노려보던 김백진은 분노를 속으로 삼켰다. 더 이상 돈이 나가는 것은 사절이었다.

'이런 썅…….'

예정에 없이 두 달을 놀아야 한다. 당연히 그동안 벌지 못하는 돈은 모조리 그의 부담이 될 수밖에 없다. 그러니 단돈 100만 원도 아까운 상황.

"장난해? 고작 그걸 받겠다고 변호사를 고용해?"

"그건 그쪽 사정이죠. 어서 빨리 주시기 바랍니다."

보통 변호사를 고용하는 데에 들어가는 돈은 대략 400만 원선. 그런데 고작 100만 원을 받자고 노형진을 고용한 서광수를, 김백진은 이해할 수가 없었다.

"아, 몰라! 법대로 해! 씨발."

"법대로 하면 좋을 거 하나도 없습니다만?"

"몰라! 배 째!"

그는 처음부터 줄 생각이 없었기에 아예 배 째라는 식으로 나갔다. 물론 노형진도 고작 돈 100만 원 때문에 그를 만나러 온 것이 아니었다.

"적당히 손해배상을 하고 그만두시죠? 법대로 하면 서로에게 이득 될 거 없습니다."

"아, 필요 없다니까."

"그래요?"

노형진은 그런 김백진은 바라보았다. 보아하니 관심도 없어 보였다.

'달려들 것 같지는 않은데.'

노형진는 잠시 그를 바라보았다. 합의되지 않을 걸 알면서 여기까지 온 이유는 그가 가진 비밀이 뭔지, 상대방의 약점이 뭔지 알아내기 위해서였다. 그런데 상대방은 접근할 생각을 하지 않았다.

'그렇다고 달려들 수도 없고.'

무조건 그가 잡았던 물건을 잡는다고 모든 기억을 읽을 수는 없다. 당연히 그가 그 물건과 접촉하고 있었을 때 그 생각을 했어야 한다. 문제는 그 비밀이 뭔지 어떤 형태인지 알지 못하니 무작정 부딪칠 수는 없는 노릇이라는 것이다.

'좀 위험하지만 흔들어 봐야겠군.'

노형진은 그런 그를 보면서 천천히, 그러나 확실하게 무게감이 있는 말을 꺼내기 시작했다.

"합의하시지 않으면 상인회처럼 고발하는 수밖에 없습니다."

"고발?"

"네, 모른다고 하지는 않으시겠지요?"

김백진은 약간 시선이 흔들렸다. 그리고 노형진은 제대로 찔렀다는 사실을 알고는 좀 더 강하게 흔들기 시작했다.

"대장균이라고 해서 만만하게 보고 움직이신 것 같은데 말이지요. 사실상 이거 테러나 마찬가지입니다. 그것도 생화학 테러요. 아닙니까?"

"우연히 생긴 걸 날 보고 어쩌라고!"

"우연치고는 너무 많이 생겼던데요? 마치 누군가 뿌린 것처럼 말입니다. 그리고 그걸 혼자서 하신 것 같지는 않고."

쫙!

그 순간 노형진의 얼굴로 날아오는 차가운 물.

"꺼져!"

"이것도 폭행에 들어가는 거 아십니까?"

"시끄러워! 닥쳐! 네놈한테 할 말은 아무것도 없어!"

김백진은 다짜고짜 노형진을 끌어내기 시작했다. 그 순간 노형진은 그가 뭔가를 뒤로 감추는 것을 보았다.

"꺼져! 너 같은 놈이랑 이야기할 일 없어!"

그를 강제로 끌어낸 김백진.

노형진은 굳게 닫혀 있는 그의 집 문 앞에서 수건을 꺼내서 물을 닦으면서 미소를 지었다.

"그렇단 말이지요. 후후후."

⚖

"핸드폰요?"

"네."

"어떻게 아신 겁니까?"

"제가 가니까 마치 못 볼 것을 본 것처럼 허둥지둥 핸드폰부터 감추던데요?"

"그런가요?"

"네."

물론 반쯤은 거짓말이다. 하지만 능력에 대해 설명할 수는 없기에 그렇게 말한 것인데 다행스럽게도 다들 그걸 믿는 눈치였다.

'뭐, 틀린 말은 아니지.'

노형진이 그를 흔들었을 때 그가 가장 먼저 한 것은 다름 아닌 핸드폰을 감추는 것이었다. 그의 핸드폰은 상당히 큰 모델이었다. 그런데 노형진이 정곡을 찌르자마자 그 핸드폰을 낚아채서는 자신의 뒷주머니에 넣었다. 그 크기를 생각하면 어색하기 이를 데 없는 반응이었다.

'뭔지 모르지만 그 안에 있다는 뜻일 거야.'

사진일 수도 있고 녹음일 수도 있지만, 확실한 건 그걸 김백진이 아끼고 있다는 것.

"그런데 그걸 어떻게 꺼내 오죠?"

"맞습니다. 도무지 방법이 없어 보이는데요?"

금고라면 털기라도 하겠지만 다른 것도 아닌 핸드폰이다. 그렇게 애지중지하는 것이니 어디에 두고 다닐 것 같지도 않았다.

"그렇다면 가지고 와야지요."

"네?"

"가지고 와야 한다고요."

"어떻게요?"

"이럴 때 쓸 만한 사람을 한 명 알고 있습니다. 후후후."

노형진은 아는 사람을 생각하며 자신감 있게 말했다.

"장이야!"

"끄응……."

"어허, 장 받는 사람 어디 갔나?"

"한 수만 물러 줘!"

"예끼! 내기 장기에 그런 게 어디 있어?"

"어디 있긴, 여기 있지."

"객쩍은 소리 하지 말게."

"끄응……."

두 노인은 날 좋은 공원에서 장기를 두고 있었다.

점심 내기라도 하는 걸까?

그들은 치열하게 싸우고 있었지만 아마도 이번에는 그 결과가 결정되었는지 노인 한 명이 오만상을 다 찌푸리고 있었다.

"이거, 이거……."

그가 한참 장기판을 보는 그 순간이었다. 한 남자가 불쑥 고개를 내밀더니 난데없이 훈수를 두기 시작했다.

"이건 여기 있는 마를 위로 올리면 될 것 같은데요?"

"옳지! 내가 왜 그걸 못 봤지?"

지고 있던 노인은 잽싸게 마를 올렸고 왕을 위협하는 차는 그대로 무대에서 퇴출되었다.

"아니, 어떤 놈의 자식이 내기 장기에 훈수질이야!"

다 잡은 승리를 놓쳐 버린 노인은 훈수를 둔 사람, 즉 노형진에게 마구 화내기 시작했다.

"아, 내기 장기였나요?"

"그럼 이게 내기처럼 안 보이더냐!"
"안 보이던데요!"
"이런 고얀 놈!"
"하하, 죄송합니다. 제가 사과의 의미로 점심을 사 드리죠. 어떠신가요?"
"점심?"
그 노인의 눈이 반짝반짝 빛나기 시작했다.

"커, 잘 먹었다."
그들은 비싼 갈비탕을 먹으면서 흡족한 표정을 지었다. 기껏해야 김밥 정도로 생각하고 있던 점심이 호사스러운 갈비탕이 된 것이다.
"그래, 잘 얻어먹었네만 공짜일 리는 없으니 뭐가 궁금한 겐가?"
노인 중 한 명은 마치 안다는 듯 이를 쑤시면서 노형진을 바라보았다.
"대답해 줄 의향은 있으신가 봅니다?"
"점심 한 끼 정도 값어치는."
"짠돌이시네요."
"이 나이 되면 다 그래."

"하하하."

"그래서 왜 온 거야?"

"별거라면 별거죠. 그 하얀 장갑 벗으실 생각 없나요?"

방금 말을 꺼낸 노인은 자신의 손에 낀 하얀 장갑을 바라보았다.

"이런, 이런, 고얀 놈이구만. 그걸 갈비탕 하나에 대한 가격으로 치기엔 너무 싼데?"

"단가를 더 쳐 드릴 수도 있죠."

"거참."

노인은 그다지 놀라지 않은 얼굴이었다. 하긴 이 나이쯤 되면 어지간한 걸로는 놀라지 않는다. 그런 그 노인을 걱정스럽게 바라보는 다른 노인.

"안가야, 진짜로 벗을 생각이냐?"

"떽, 이 나이에 장갑 벗으면 손 시려."

"여름입니다."

"말장난은 그만하지. 그래, 왜 이 노인네를 찾아오셨나?"

"장난이 아닌데요? 진짜로 장갑을 벗어 주셨으면 합니다."

'안가'라고 불린 노인은 진심으로 얼굴을 찌푸렸다. 그게 무슨 뜻인지 상대방 노인이 모를 리 없다는 사실을 알아차린 것이다.

"뭐, 이 나이 먹고 다시 감방에 들어가는 건 무섭지 않다만."

그는 한때 날리던 소매치기였다. 하지만 지금은 나이를 먹고 은퇴 아닌 은퇴를 한 상태였다. 더 이상 그렇게 살고 싶지도 않았고 매일 이렇게 장기를 두면서 소일거리하는 것이 그의 가장 행복한 일상이니까.

"압니다. 하지만 때로는 어떤 능력도 도움이 되는 때가 있지요."

"헐, 헐, 이 노구가 도움이 된다니 반갑기는 한데 그다지 하고 싶지 않은 걸 어쩐다? 갈비탕치고는 너무 비싼 요구야."

그는 사실 그만둘 생각이었다. 하지만 노형진은 그에 대해서 너무나 잘 알고 있었다. 아니, 알 수밖에 없었다.

"아드님이랑 다시 이야기하고 싶지 않습니까?"

"하고 싶지. 그런데 그 애가 싫어해서 그렇지."

소매치기에 전과 4범 출신 아버지. 아들에게 있어서 아버지란 존재는 언제나 감옥에서 있어 느낄 수도, 만질 수도 없는 존재였다. 당연히 그 사이가 좋을 수가 없었다.

"얼마 전에 손주도 낳았습니다."

"그래?"

자기보다 더 잘 아는 노형진의 말에 안가는 입맛을 쩝쩝 다실 수밖에 없었다.

"도와주시면 만나게 해 드리지요."

"무슨 수로? 몰라서 못 만나나. 아는데 안 만나서 그렇지."

이룩한 것도 없고 가진 재산은 더 없다. 소매치기로 먹고 살았지만 결과적으로 남은 것은 아무것도 없었다.

"방법이 있습니다."

"무슨 수로?"

"저만 믿으시면 됩니다."

"끄응……."

그는 잠시 고민했다. 솔직히 아이가 태어났다는데 보고 싶은 마음은 굴뚝같았다. 하지만 자신이 무슨 염치로 간단 말인가?

"선택하시면 됩니다. 한 번만 장갑을 벗으시면 됩니다."

"도대체 얼마나 좋은 걸 훔치기에 그러는 거야?"

"별거 아닙니다. 핸드폰 하나만 훔쳐 주시면 됩니다."

"핸드폰?"

그는 고개를 갸웃할 수밖에 없었다.

⚖

"젠장……."

김백진은 속이 쓰려 죽을 맛이었다.

그럴 수밖에 없었다. 처음에 영업정지를 받았을 때만 해도 속이 터질 것 같았지만 어느 정도 시간이 지나서 생각해 보니 자신이 쉴 수 있는 기회였다. 자신의 동생에게 일단 넘겼다가 다시 복귀해서 거래만 다시 받으면 된다. 그래서 기분 좋게 해외여행이라도 가려고 했다.

"망할 변호사 새끼 같으니라고."

그런데 그런 그의 기분을 잡친 것은 다름 아닌 변호사인 노형진이었다. 뭔가 알고 있는 듯한 분위기를 풍기는 그 녀석.

"그래, 그 녀석이 알면 뭐해."

확실한 증거는 없다. 그렇다면 그들이 할 수 있는 것은 아무것도 없다. 그는 애써 그렇게 생각하면서 집으로 가는 차의 가속페달을 밟았다.

"이번 기회에 동남아라도 가서 머리 좀 식히고 와야겠군."

그는 애써 사건을 별거 아니라고 생각하려고 노력하면서 코너를 돌 때였다.

"으악!"

갑자기 코너에서 노인 한 명이 튀어나온 것이다. 그는 비명을 지르면서 급브레이크를 밟았고 노인은 자지러지는 비명을 지르면서 넘어졌다.

"어이쿠야!"

다행이 부딪치는 느낌이 없었기에 김백진은 화가 끝까지 나서 바깥으로 튀어 나갔다.

"이 노친네가 미쳤나!"

"야, 이놈의 새끼야! 제대로 운전 안 해?"

"뭐라고? 이 새끼가! 자기가 튀어나와서는 무슨 지랄이야!"

다짜고짜 그의 멱살을 잡는 김백진. 하지만 그 이상 화낼 수가 없었다.

"어머, 어머, 저거 봐."

"완전 적반하장이다."

"자기가 과속하고는 노인의 멱살을 잡네."

주변에서 웅성거리는 사람들. 그중 몇 사람이 마치 기다렸다는 듯이 핸드폰으로 사진을 찍어 대기 시작하자 그는 주변을 둘러보다가 이를 빠드득 갈았다.

"망할 노친네 같으니. 오늘 운 좋은 줄 알아!"

김백진은 노인네의 멱살을 잡고 있다가 놓고는 다시 차로 들어갔다. 노인은 지팡이를 휘두르면서 쫓아오려고 했지만 이미 그의 외제 차는 벌써 저 앞으로 가는 중이었다.

"진짜 재수 없다."

"뭐, 저런 녀석이 다 있담?"

누구 하나 다친 사람이 없었기에 사람들은 두런두런 이야기하면서 각자 자기 길을 가기 시작했고, 노인은 힘없는 걸음걸이로 어디론가 향했다. 그러자 그곳에서는 노형진이 기다리고 있었다.

"어떻습니까?"

"옛날 같지 않아."

그러면서도 안쪽에서 핸드폰을 꺼내 드는 노인. 그는 바로 안가였던 것이다.

"두 번이나 놓쳤어. 전 같으면 한 번에 나왔을 텐데 이제는 손이 떨려서 영……."

"뭐, 다시 하실 일 있겠습니까?"

"하긴 그렇기는 하지."

그는 핸드폰은 노형진에게 건네주자마자 다른 쪽 주머니에서 하얀 장갑을 꺼내서 자신의 손에 꼈다. 이질적인 모습이었지만 어쩐지 그는 그게 안심되는 듯한 얼굴이었다.

"손 털고 다시는 안 한다는 생각에 끼고 다녔는데 말이야. 이제는 버릇이 돼서 없으면 영 찝찝하네."

"그게 좋은 겁니다."

"뭐, 일단은 내가 한 약속은 지켰는데 젊은 변호사 양반은 어떻게 지킬 거야?"

"기다리세요. 후후후."

⚖

노형진은 작은 아파트 앞에 서 있었다.

"실례합니다."

노형진이 벨을 누르자 안에서 들리는 목소리.

"누구세요?"

"아, 영진 군 일 때문에 왔습니다만."

"영진요?"

"네."

"잠시만요."

딸깍 소리와 함께 나오는 사람은 다름 아닌 엄마였다.

"제 아이가 뭘 잘못했나요?"

쪼르르 달려와서 엄마에게 달라붙는 아이. 노형진은 그런 아이를 바라보면서 손을 흔들었다.

"아닙니다. 그냥 경고를 좀 해 주려고요."

"경고?"

"네."

"누구신데요?"

'혹시 협박이라도 하려는 걸까?' 하는 생각에 섣불리 문을 열어 줬나 하는 얼굴이 되는 여자. 하지만 노형진이 협박할 생각 같은 건 없었다.

"다른 건 아닙니다. 그냥 지나가는 무당이라고 생각하세요."

"무당?"

"네. 아이 말입니다, 병원에 데리고 가셔야 할 겁니다."

"아니, 병원에 왜요?"

멀쩡하게 잘 놀고 있는 아이다. 병원에 갈 이유가 없다. 물론 노형진이 그렇게 말하는 데에는 다 이유가 있었다.

"아마도 백혈병일 겁니다."

"네?"

애 엄마는 사색이 되었다. 아동 백혈병. 부모들이 가장 힘들어하는 병중 하나다. 그 말을 들은 그녀는 자신도 모르게 털썩 주저앉았다.

"그럴 리가요……. 그걸 리가……."

"급성이라서 지금은 티가 안 납니다. 데리고 가 보면 아시게 될 겁니다."

"거짓말이죠? 이거 장난 맞죠? 카메라 같은 거 어디 있어요?"

"장난 아닙니다. 믿지 않으신다면 어쩔 수 없지만요. 하지만 무슨 병이든 초기에 잡는 게 중요하다는 거 아시죠?"

"그럴 리가…… 그럴 리가……."

"전 이만……."

노형진은 할 말을 다 한 것처럼 몸을 돌렸다. 그리고 마치 깜빡한 것처럼 다시 몸을 돌려서 마지막 말을 던졌다.

"아, 그리고 말입니다, 제가 보니까 애를 살릴 수 있는 카드는 시아버님이 쥐고 계세요. 그걸 놓으면 애는 죽습니다."

"……."

노형진은 거기까지 말하고는 다시 몸을 돌려서 아래로 내려왔다.

"뭐, 내가 해 줄 건 이 정도뿐이지."

노형진이 그들을 만난 건 원래 2년 후다. 아이가 2년간 백혈병으로 투병했지만 결국 유일한 방법은 골수이식이라는 진단을 받았고, 애아버지는 적합한 사람을 찾다가 포기한 상태였다. 당연히 그는 자신이 버렸던 아버지를 찾을 수밖에 없었다. 그때 노형진을 찾아온 것이다. 노형진은 그의 아버지를 찾을 수 있었고 천만다행으로 적합 판정이 나왔었다.

"뭐, 이쪽은 이쯤에서 해결했고."

결국 아이를 살리기 위해 그 사람은 자신의 분노를 꺾는 수밖에 없을 것이다. 그리고 그 정도면 노형진이 할 만큼 한 셈이다.

"이제는 내 일을 해야겠지. 후후후."

노형진은 자산의 손에 들린 핸드폰은 즐거운 표정을 바라보았다.

–이번에는 너무 위험하지 않을까?

–하나도 안 위험해. 한두 번 해 본 것도 아니잖아?

–하지만 이번 녀석은 호락호락한 녀석이 아니던데?

–자기가 어쩔 건데?

전화기에서 들리는 목소리. 노형진은 그가 왜 그렇게 핸드폰에 집착한 건지 알 수 있었다.

"녹음 내역이 엄청나게 많습니다."

고문학은 핸드폰을 끄면서 내용을 정리했다.

"결과적으로 말해서 이 안에 있는 내용은 그들이 일으킨 사건에 대한 가장 확실한 증거입니다. 이번 사건뿐만 아니라 다른 사건에 대한 녹음도 들어 있더군요."

"그래요?"

"네."

노형진의 예상대로 그들이 이런 일을 저지른 것은 처음이 아니었다. 전부터 라이벌 업소가 들어오면 지속적으로 해 오던 일이었던 것이다.

"이 개자식들……."

이를 빠득빠득 가는 서광수였다. 그는 도저히 이 녀석들을 용서할 수가 없었다.

"당장 경찰에 신고합시다!"

"네! 그래야 합니다!"

서광수는 분노가 머리끝까지 치밀어 올라서 당장이라도 경찰서에 가려고 하는 눈치였다. 그런데 성관중은 그런 그를 말리면서 고개를 저었다.

"아직은 아닙니다."

"아니, 어째서요? 이런 확실한 증거가 나왔지 않습니까!"

"그러니까 이 확실한 증거를 써먹으면 안 된다는 거죠."

"뭐라고요?"

"노 변호사님, 따로 계획이 있으십니까?"

성관중 변호사는 섣불리 뛰어가는 대신에 노형진을 바라보면서 다른 계획이 있는지를 물었다. 노형진은 살짝 놀랄 수밖에 없었다. 실제로 다른 계획이 있었기 때문이다.

"어떻게 아셨습니까?"

"노 변호사님은 제가 제일 존경하는 분 아닙니까? 하하하. 일은 확실하게 하시는 분이니 어줍잖게 경찰에 신고하는 걸로 끝내시지는 않을 거라 생각했습니다. 하하하."

그의 말에 노형진은 고개를 끄덕거렸다.

"뭐, 잘 아시네요."

"그럼 뭐, 다른 방법이 있습니까?"

"있지요. 그대로 돌려줄 때가 되었거든요."

노형진은 뭔가를 꺼내서 들었다. 그건 전에 성관중과 서광수가 봤던 물건이었다.

"그건?"

"솔직히 말해서 말입니다, 이번 사건은 신고해도 기껏해야 벌금 정도입니다."

"아니, 어째서요?"

"신고자인 서광수 씨가 생각보다 큰 타격을 입지 않았으니까요."

피해자가 많고 그 피해액이 클수록 그 범죄행위에 대한 처벌은 강해지기 마련이다.

"하지만 이렇게 많은 숫자라면 아마 형량이 바뀌지 않을까 싶은데요?"

성관중 변호사는 당당하게 손을 내밀었다.

"주십시오."

"네?"

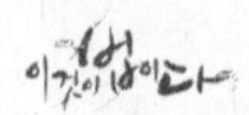

"미래의 제 고객님들이 될 분이신 것 같으니까 제가 만나도록 하죠."

그런 그의 말에 노형진은 멍하니 그를 바라보다가 피식 웃었다. 맞는 말이다. 그는 서민을 대상으로 일하기를 원하니까.

"그럼 한번 능력을 좀 볼까요?"

노형진은 종이를 건네자, 성관중은 그걸 받아 들고 미소를 지었다.

"확실하게 모시고 올 테니까 다른 일 좀 부탁합니다."

"걱정하지 마세요. 제가 영혼까지 다 털어 줄게요. 후후후."

⚖

얼마 뒤 상가 쪽에 난리가 났다. 엄청난 소장이 그들에게 들이닥쳤기 때문이다.

"이게 무슨 일이야!"

"이건 말도 안 돼"

몇몇 상인들에게 날아온 소장. 그건 다름 아닌 업무방해로 인한 손해배상이었다. 그것도 무려 쉰세 명. 지난 몇 년간 망해 나간 사람들의 숫자였다.

"이게 어떻게 된 거야?"

"말도 안 돼!"

"이거 어떻게 안 거야!"

상인회는 싸움이 나고 난리도 아니었다. 하지만 워낙 확실한 증거가 나타났기에 뭐라고 할 수도 없었다.

"이게 말이나 되는 일이야!"

"왜 우리야!"

서로 소리를 지르는 사람들. 그들은 이번 일이 벌어진 이유를 알고 있었지만 그게 어디서 새어 나간 건지 알 수가 없다는 것이 문제였다.

"진정들 해요! 이대로 가면 우리가 당합니다!"

서태섭은 어떻게 해서든 사람들을 진정시키려고 노력했다. 하지만 쉽사리 진정될 리 없었다.

"서 회장! 이거 어떻게 된 거야!"

"왜 자네가 빠진 거냐고!"

"그게……."

수많은 사람들이 고소당하고 민사소송을 당했지만 서태섭은 빠져 있었다. 그렇기 때문에 사람들의 분노는 더했다.

"이봐, 회장. 뭐해? 말려!"

"제가 뭐라고 해 봐야……."

회장은 눈치를 보면서 우물쭈물했다. 그럴 수밖에 없는 것이 이 상인회의 실질적인 회장은 그가 아닌 서태섭이다. 두 번 이상의 연임을 막는 내부 규칙 때문에 그가 잠깐 대리하는 거지, 실질적으로 모든 걸 한 것은 서태섭인 것이다. 그런 서태섭의 말이 안 통하는데 그가 말린다고 해서 사람들이 듣겠는가?

"진정들 하세요! 이번 사태에 대해서는 우리가 알아서 하겠습니다!"

마구 싸우는 사람들을 말리기 위해서 서태섭은 안 된다는 것을 알면서도 헛된 약속을 계속했다. 그러자 그게 먹힌 것인지 사람들은 조금씩 진정되는 듯했다.

"일단 고소가 들어온 분들은 상황을 알아보겠지만 이 일은 우리가 뭉쳐서 헤쳐 나가면 해결할 수 있습니다."

서태섭이 그렇게 사람들을 안심시키는 그때였다. 문이 열리면서 한 사람이 들어왔다. 그리고 그걸 본 서태섭은 얼굴을 찌푸렸다.

"넌?"

분명히 노형진인가 하는 서광수의 변호사였다.

"여, 서 회장님."

노형진은 미소를 지으면서 손을 흔들었다.

'뭐지?'

노형진의 그런 반가운 미소가 서태섭은 왠지 찝찝했다. 노형진이 자신을 반갑게 대해 줄 이유가 없기 때문이다.

"보내 주신 건 잘 쓰고 있습니다."

"뭐?"

노형진의 뜬금없는 말에 그는 어리둥절해졌다. 그에게 뭘 보내 준 적이 없기 때문이다. 하지만 다른 사람들의 눈빛이 확 바뀌었다. 안 그래도 지금 정보가 어디서 샌 건지 알지 못하는 상황이었다.

"무슨 소리야! 보내다니! 내가 뭘 보냈다는 거야!"

아차 싶었던 서태섭은 강하게 부인했지만 노형진은 그저 빙글거리면서 웃을 뿐이었다.

"그럼 거래는 확정된 겁니다."

"거래? 무슨 거래?"

"잠깐? 그러고 보니까 서태섭만 소송에서 빠진 거 이상하지 않아?"

상인회에서 사람들이 의심에 눈초리를 보내는 그때, 노형진은 보디가드들을 데리고 단상으로 올라갔다.

전이라면 달라붙어서 말리겠지만 노형진이 데리고 온 보디가드들은 새론에 소속된 자들. 일반적인 사람들이 느끼기에는 무척이나 부담스러울 정도로 차가운 사람들이었다. 기본적으로 소시오패스 기질이 있기 때문이다.

"자, 친애하는 상인회 여러분."

노형진은 단상에 서서 미소를 지었다. 그들의 얼굴에는 벌써 분노와 증오가 가득했다.

'거참, 어이없네.'

자기들이 돈 더 먹겠다고 새로 시작하는 상인들을 망하게 한 주제에 그 원한과 분노를 자신에게 투영하는 것을 보면서 노형진은 혀를 끌끌 찼다.

'뭐, 네 마음대로 하세요.'

그런다고 그들의 미래가 바뀌는 것은 아니다. 설령 바꿀 수 있다 해도 바꿔 주고 싶은 생각은 전혀 없었다.

"친애하는 여러분, 일단 이번 소송에 속하신 분들에게 심심한 위로를 전합니다."

"뭐라고!"

"너희가 했잖아!"

"그러니까요. 이제 망할 일만 남았으니 위로해야지요. 안 그런가요?"

"이익!"

"저 개새끼를 그냥!"

그들은 단상으로 올라가려고 했지만 가로막은 보디가드들에 기에 눌려서 접근할 수가 없었다. 그것도 3단 봉을 꺼내고 바라보고 있으니 이만저만 두려운 게 아니었다.

"그런데 말이죠, 억울하지 않나요?"

"뭐가?"

"이 사건 말입니다, 고소당한 분들만 한 건 아니잖아요?"

주변에 침묵이 흘렀다. 그 말대로였다. 그래서 고소당한 사람들은 억울하기 그지없는 상황이었다.

"솔직히 말하면 말입니다, 이거, 우리가 다른 분들도 하고 싶은데 증거가 없어요."

"헉!"

"뭐라고?"

함께 온 성관중과 서광수는 노형진의 갑작스러운 고백에 깜짝 놀랐다. 보통 변론할 때는 불리한 것을 감춘다. 그런데 노형진은 도리어 그걸 공개한 것이다.

"다른 분들은 증거가 없어서 고소하고 싶어도 못해요."

그들이 잘못 들었나 의심하는 사이 노형진은 다시 한 번 고백했고, 노형진의 말을 들은 사람들은 기가 막혀서 입을 떡 벌렸다.

'그래, 그렇게 놀래라. 이제 즐거운 한때는 지났으니까.'

노형진은 그냥 물러나거나 협상하기 위해 온 것이 아니다.

'약점이 때로는 강점이지.'

때로는 상대방이 알아야 하는 것을 알려 주는 것도 전략이다. 그리고 노형진은 이참에 저들이 알아야 하는 사실을 알려 줄 뿐이었다.

"그러니까 말이죠, 재수 없게 걸린 분들이 나머지 분들 것도 내주셔야 하는 거 아니겠습니까? 안 그래요?"

"뭐?"

"그게 무슨 소리야?"

노형진의 장난스러운 발언에 고소당한 사람들은 예민하게 반응했다. 그리고 고소당하지 않은 사람들은 안도했다.

"말 그대로입니다. 우리가 요구하는 손해배상비는 똑같은데 누구는 증거가 없고 누구는 증거가 있다면 당연히 증거가 있는 사람들이 다 토해야지요. 안 그렇습니까?"
"헉!"
고소당한 사람들은 눈을 크게 떴다.
"만일 고소당한 사람이 늘어나면 당연히 개인당 손해배상금은 줄어들 겁니다. 그렇지요?"
"……."
그 말에 흐르는 침묵. 서태섭은 노형진이 노리는 것이 뭔지 알고는 비명을 질렀다.
"속지 마세요! 지금 저 녀석이 속임수를 쓰고 있는 겁니다!"
그는 애타게 비명을 질렀지만 사람들의 마음은 벌써 결정되고 있었다.
"우리를 배신한 네가 할 말이야?"
"맞아! 우리를 배신한 건 너잖아!"
격하게 화내는 고소당한 사람들. 그들은 너도나도 일어나서 바깥으로 나가기 시작했다.
"이딴 곳에 더 이상 있을 이유가 없어!"
"나도 가겠어!"
그들이 나가자 나머지 사람들은 일이 틀어지고 있다는 사실을 알았다.
"잠깐…… 저 녀석들이 왜?"
남은 사람들은 결국 고소당하지 않은 사람들이었다. 그들은 저들이 왜 나가는지 직감적으로 깨닫고는 바로 튀어 나갔다.

"이 개새끼들!"

"배신이야!"

"너희만 죽어, 이 새끼들아!"

"뭐라고? 그러는 너희는 배신한 거 아니냐!"

"죽어, 이 씹새야!"

어느 사이엔가 회의장 바깥은 서로 패를 나눠어 싸우는 모습이 보이고 있었고, 노형진은 그들을 보면서 느긋하게 전화기를 들었다. 그리고 천천히 버튼을 눌러 상대방을 호출했다.

"경찰이죠? 여기 패싸움이 일어났는데요. 한 예순 명쯤 되는 사람들이 싸우고 있어요."

그리고 혼이 나간 듯한 서태섭에게 다가가 조용히 귀엣말을 건넸다.

"그럼 경찰서에서 뵙죠, 회장님."

⚖

"우와……."

새론으로 오는 수많은 우편물들. 그 안에는 모두 새로운 증거들이 담겨 있었다. 녹음 기록이나 서면계약서, 동영상까지. 워낙 많아서 그걸 정리하는 것만으로도 한참 걸릴 정도였다.

"이게 올 거라 생각하셨습니까?"

"네."

노형진은 고개를 끄덕거렸다.

"결국 지난번에 납품 업자와 마찬가지로 믿음으로 뭉친 자들은 아니니까요."

그들은 이득을 위해서 뭉친 자들이다. 그것도 범죄를 이용해서 새로운 사람들이 전 재산을 날아가게 하는 방식으로 말이다.

"하지만 우리가 처벌할 수 있는 사람은 한정되어 있었습니다."

자신들이 얻은 증거는 결국 직접적으로 납품 업자와 거래한 몇 명뿐이다. 당연히 그들이야 고발할 수 있겠지만 직접적으로 통화 내역이 없거나 있어도 이번 일과 관련이 없는 자들은 고발할 수가 없다.

"그들은 그럼 그 자리에서 계속 같은 짓을 하겠지요."

"아! 그래서?"

"네, 그래서 공개한 겁니다."

고발당한 사람들이 결과적으로 고발당하지 않은 사람들의 죄까지 뒤집어쓰는 것처럼 표현함으로써 그들을 자극했고 마치 사람이 많아지면 전체적으로 손해배상액이 줄어드는 것처럼 포장했다.

물론 맞는 말이기는 하다. 한 명이 갚을 것을 두 명이 갚게 되면 50%로, 세 명이 갚게 된다면 33%로 줄어드니까.

"하지만 그들은 그래 봤자 도긴개긴이라는 걸 모를 겁니다."

피해자가 쉰 명이 넘는다. 더군다나 정신적 손해와 물질적 손해 그리고 범죄로 인한 피해 보상까지 한다고 하면 결과적으로 그들이 적당히 망하는 선에서 정리될 것이다.

"어찌 되었건 그들은 그곳에 있는 가게를 모조리 빼앗기게 될 겁니다."

그 후에는 일사천리다. 그들의 가게를 빼앗은 피해자들이 그 자리에서 다시 일어나면 된다.

"그리고 그곳의 회장은 서광수 씨가 맡게 될 테고요."

"아니…… 제가 그렇게까지야……."

서광수는 머쓱해진 얼굴이었다. 하긴 당장 망할까 봐 찾아간 변호사 사무실이었는데 뜬금없이 상인회 회장이라니.

"그런 겁니다. 어차피 그 바닥은 아예 새로 시작하는 상황입니다. 그렇다면 영향력 있는 사람이 회장을 맡게 되겠지요."

그리고 현재 가장 영향력이 있는 사람은 다름 아닌 서광수다.

"그런데 왜 서태섭은 나중에 고소하신 겁니까?"

"서태섭은 머리가 좋더군요."

이런 상황에서 그들이 살기 위해서 가장 좋은 방법은 고소당한 사람들이 모든 죄를 뒤집어쓰고 망하는 것이다. 그 후에 남은 사람들이 그들을 도와주게 된다면 모든 것이 정리된다.

"아마 서태섭이라면 그렇게 일을 끌고 갔을 겁니다."

"그렇군요."

"네, 그렇게 되면 우리가 증거를 확보하지 못한 다른 녀석들은 처벌을 면하게 되지요."

그걸 막기 위해서는 일단 서태섭을 무리에서 떨어트려 놔야 한다.

"그래서 나중에 하신다고 하신 거군요."

"네."

그런 범죄 집단이 가장 싫어하는 사람은 다름 아닌 내부 고발자다. 그러니 그가 내부 고발자가 된다면 누구도 그를 믿지 않을 것이다.

"거참……."

성관중은 혀를 내둘렀다. 노형진에 대해서 많이 들어서 나름 존경하고 있었지만 실제로 실력을 보니 그로서는 도무지 생각할 수 없을 정도로 폭 넓은 시선을 가지고 있었다.

'그리고 이게 얼마야.'

그와 동시에 망해서 나갔던 쉰 명이 넘는 사람들이 한꺼번에 일을 맡기면서 순식간에 1억이 넘는 수임료를 받게 되었다. 똑같은 일을 하는데도 말이다.

'진짜…… 대단하군……. 나도 언젠가…….'

비록 늦게 시작한 변호사 생활이지만 성관중은 언젠가 노형진처럼 뛰어난 변호사가 되는 날을 꿈꾸기 시작했다.

"서광수 사장님."

"네?"

"그나저나 우리 새론에서 회식하러 오면 할인해 주는 겁니다?"

"당연하지요."

희망이라는 것을 가지게 된 서광수는 오랜만에 미소로 답할 수가 있었다.

기업형 사기꾼들

휴가.

사람들의 재충전의 시간.

또한 사람들이 쉬는 시간이다.

대한민국은 휴가 문화가 다른 나라와 다르다. 다른 나라는 원하는 시점에 자신이 원해서 가지만 대한민국은 정해진 시간에 정해진 규칙대로 간다. 기업을 위해서 구성된 시스템인 탓이다. 그럼에도 사람들에게 무엇과도 바꿀 수 없는 소중한 휴식의 시간이라는 건 변함없지만.

그러나 세상이 그렇듯이 누군가 뭔가를 한다고 하면 그것에 기대어 돈을 부당하게 벌려고 하는 사람이 있기 마련이다.

"얼마요?"

박광석은 자신의 귀를 의심했다.

"하룻밤에 40만 원입니다."

"장난해요? 분명히 인터넷에서는 하루에 8만 원이라고 되어 있잖아요!"

박광석은 인터넷을 보면서 화를 버럭 냈다. 그럴 수밖에 없었다. 어찌어찌 과속했다고 하지만 그래도 힘들게 온 신혼여행이다. 당연히 즐거운 한때를 보내야 한다. 그런데 자동차를 빌리기로 예약한 렌터카 업체가 요구하는 비용은 자신들이 예약했던 때와 전혀 달랐다.

"어쩔 수 없어요. 그건 비수기 기준이고요."

"그럼 어찌 되었건 고지라도 하던가!"

"우리 부서에서 하는 일이 아니라서요."

"허?"

박광석은 기가 막혔다.

"어찌 됐건 40만 원을 주시지 않으면 차는 못 빌려 드립니다."

"이익!"

자신의 신혼여행을 망치는 눈앞의 직원을 짜증스럽게 바라보던 박광석은 어쩔 수 없이 돈을 지불하려고 했다. 그래도 신혼여행인데 망칠 수는 없었기 때문이다. 하지만 박광석은 그렇게 생각할지 몰라도 노현아는 절대로 받아들일 수가 없었다.

"웃기는 소리 하지 마요."

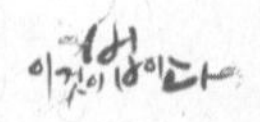

"현아야."

"아니, 우리가 뭐가 아쉬워서 그런데요?"

"그거야 그렇지만."

"우리가 스포츠카를 빌렸어요, 아니면 슈퍼카를 빌렸어요? 대형도 아니고 준중형 한 대 빌리는 건데 하루에 40만 원? 장난해요?"

버럭 화내는 노현아. 그런 노현아를 진정시키는 박광석.

"진정해. 배 속에 애도 있는데."

"이게 진정할 일이야? 우리 애도 이런 일에는 화내겠다."

"그럼 빌리지 말든가요. 기다리는 사람 많아요."

한두 번 당한 게 아닌 듯 직원이 퉁명스럽게 말하자 노현아는 머리끝까지 화가 치밀었다.

"취소할게요. 들었지? 취소해."

"뭐? 그럼 어떻게 다니려고?"

"차라리 택시를 타요! 그 돈이면 하루 종일 택시를 타고 다녀도 되겠다!"

맞는 말이었기에 박광석은 어쩔 수 없이 취소하려고 했다. 그런데 그다음에 들어온 말은 박광석을 더 기가 막히게 했다.

"그럼 5일 치 취소 비용으로 40만 원을 주셔야 합니다."

"뭐라고?"

"뭐라고요?"

"말씀드렸잖아요. 예약한 걸 그쪽 사정으로 취소했으니

당연히 위약금을 물으셔야지요. 하루에 8만 원씩 40만 원."

"장난하나!"

아무리 박광석이 호인이라고 하지만 이런 일을 그냥 넘어갈 수는 없다. 애초에 취소하는 이유가 그들이 고지도 없이 차량의 가격을 무단으로 올려서 그런 것 아닌가?

"아니, 보자 보자 하니까 지금 우리가 여행 왔다고 만만하게 보는 거야?"

"만만하게 보는 게 아니라 애초에 동의하셨잖아요."

"그럼 차량 가격이라도 제대로 고지하던가!"

"계약서에 분명히 써 있었을 텐데요? 차량의 렌트비는 변동이 있을 수 있다고."

"이게 변동이야! 바가지지!"

"하여간 40만 원 주세요. 안 주시면 법대로 하는 수밖에 없습니다."

"뭐?"

"법대로 하겠다고요."

아주 막 나오는 상대방을 보면서 박광석은 도리어 차분해졌다. 방금 자신 앞에서 법대로란다.

"법대로 하겠다라. 후후후."

왠지 미심쩍은 미소를 보이자 담당 직원은 움찔했다. 보통 이런 경우 상대방이 미쳐서 날뛰기 때문이다. 그런데 법대로 하자는 말에 도리어 차분하게 미소를 보인다는 것은 그다지 좋은 징조는 아니었다.

"그래? 법대로 하시겠다?"

"네, 법대로 할 테니까 그렇게 아세요."

보통 이런 경우 상대방은 더럽다면서 돈을 놓고 나간다. 그럼 자신들은 가만히 앉아서 40만 원을 버는 것이다. 차는 다른 사람에게 빌려주고 말이다. 어차피 이 바닥은 1년 지나고 간판 바꿔 달면 아무도 모르니까. 그런데 화내는 사람은 많았지만 이렇게 웃는 사람은 처음인지라 직원은 불안스러운 눈빛이 되었다.

"현아야, 이 사람이 법대로 하겠다는데?"

"호호호, 아이고, 배야…… 호호호…… 배야……. 아, 잠깐…… 나 그만 웃겨. 호호호…… 내 배…… 내 배……. 아이고, 아기…… 놀라겠다."

미친 듯이 웃는 두 사람을 보면서 직원은 얼굴을 찌푸렸다.

"법대로 하지, 뭐."

박광석은 미소를 지으면서 전화기를 들었다. 그리고 어디론가 전화하기 시작했다.

"어, 난데."

⚖

"수고하셨습니다."

노형진은 마지막 사건을 정리하고 피해자와 마지막 인사를 하고 있었다.

“다음번에는 조심하시구요.”

“네, 고맙습니다, 변호사님.”

“아닙니다.”

그렇게 막 피해자와 이야기를 끝내고 그들이 나가는 순간 전화기가 울렸다. 노형진은 그걸 받아 들고는 고개를 갸웃했다.

“뭐지?”

거기에는 박광석의 전화번호가 떠 있었다. 아마 지금쯤 제주도에서 신혼여행을 즐기고 있어야 할 사람이었다.

“여보세요?”

–처남.

“와, 닭살 끝내주네요. 그런데 어쩐 일이십니까?”

알던 사람이 갑자기 자신을 처남으로 부르자 노형진은 저도 모르게 부르르 떨었다.

–사실은 말이야, 이런저런 문제로 인해서…….

박광석이 사정을 이야기하자 노형진은 기가 막혀서 말이 나오지 않았다.

“이 뭐 병…….”

병신 같은 짓도 적당히 해야지, 법대로 한다는 말에 노형진은 기가 막혔다.

“그래서 법대로 한대요?”

-응.

"음……."

법대로 한다는 말이 노형진은 무척이나 거슬렸다.

'뭐, 법적으로 문제가 없는 건 아닌데.'

물론 상식적으로는 문제가 된다. 하지만 법적으로는 아무런 문제가 안 된다. 정부가 철저하게 기업 편에서 재판하도록 압력을 넣기 때문이다. 계약서 내부에 아주 깨알만 한 글씨로 가격이 변동될 수 있다는 한마디만 넣으면 그 후에 10만 원 더 청구하든 100만 원을 더 청구하든 기업 마음이다.

-어떻게 할까?

"일단은 말이죠…… 무시하세요."

-무시?

"네."

-아니, 왜?

노형진의 말에 박광석은 고개를 갸웃했다. 노형진의 성격이라면 당연히 법대로 할 거라 생각했기 때문이다.

"뭐, 여러 가지 이유가 있지요. 하지만 결정적으로 시간 대 비용이 더 많이 들어가는데 과연 그들이 소송할까요?"

애초에 소송하려면 더 많은 돈이 들어가야 한다. 그런데 고작 40만 원 때문에 소송한다는 건 기업의 입장에서는 손해다.

"뭐, 개인이라면 모르지만요."

가끔 개인이 자존심 때문에 소송하는 경우가 있기는 하지만 기본적으로 저들은 기업이다. 당연히 돈이 안 되는데 소송할 이유가 없다.

"그러니까 무시하세요."

노형진은 소송하면서까지 누나의 신혼여행을 망치고 싶은 생각은 없었다.

"어차피 그 정도 돈에 왈가왈부할 것도 아니잖아요?"

-그건 그렇지.

박광석도 그렇게 생각하기는 한 모양이었다. 하긴 누가 자기 신혼여행을 망치고 싶어 하겠는가?

"그냥 신경 끄시고 신혼여행이나 잘 다녀오세요."

노형진은 가볍게 말했다. 그리고 일에 집중하기 시작했다.

"할 일은 많고 시간은 없구나."

노형진은 그저 시간 없는 자신의 신세에 한탄하는 수밖에 없었다.

"응."

그렇게 신혼여행에서 갔다 온 박광석은 며칠 후 자신에게 날아온 명령서를 보고 기가 막혔다.

"뭐야?"

다름 아닌 지급명령 신청서. 지급명령이란 돈을 빌렸거나 갚을 게 있는 경우 빨리 갚으라는 일종의 법원을 통한 최종 경고다. 그리고 그 경고에 반응하지 않으면 그건 확정되어 빚이 된다. 그걸 막기 위해서는 이의신청서를 제출해야 하고 정식으로 재판을 받아야 한다.

"뭐야, 이 새끼는?"

그 내용을 본 박광석은 기가 막혀서 말을 할 수가 없었다. 그 안에는 위약금인 40만 원이 아닌 닷새간의 차량 임대비인 200만 원을 갚으라는 내용이 적혀 있었기 때문이다. 당연히 박광석은 그걸 갚을 의사가 없었다. 애초에 약속을 어긴 것은 그들이 아닌가? 그런데 그들이 먼저 약속을 어기고는 법대로 하자니?

"이 새끼들이 죽으려고."

아무리 성격이 좋은 그라고 하지만 절대로 그냥 넘어갈 수가 없는 일이었다. 박광석은 이를 빠드득 갈면서 그걸 구겼다.

"오냐, 이 새끼들아. 내 사법시험에 합격한 기념으로 밟고 시작하자."

박광석은 이를 빠드득 갈면서 전화기를 들었다.

"어, 난데."

"이거참."

노형진은 별거 아닌 걸 가지고 소송까지 하면서 돈을 뜯어내려고 하는 자들이 어이가 없었다.

"자기들이 서비스도 제공하지 않았으면서 돈을 달라고 한다고요?"

"그래, 이게 말이나 돼?"

"물론 상식적으로는 말이 안 되죠."

"그런데 왜 그러는 거야?"

"돈이 되니까요."

"돈이 된다?"

"약관 사기라고 하죠, 이런 걸."

"약관 사기?"

"네."

노형진은 박광석이 사기당한 걸 알고는 얼굴을 찌푸렸다.

"이런 말이 있잖아요, 싼 게 비지떡이라고."

노형진의 집안에는 돈이 충분히 있다. 하지만 노현아가 아껴야 잘산다면서 여기저기 싼 곳으로 알아보더니 결국 이런 녀석들을 만난 것이다.

"싼 게 비지떡이라는 말이 괜히 생긴 게 아니라니까요."

사람들은 당장 들어가는 돈이 적으면 된다고 생각하지만 사실 사람이 살아가다 보면 상대방에게 적당한 대가는 필수다.

가령 동남아 여행에 들어가는 비용이 40만 원이라고 치면 사람들은 열광한다. 하지만 사실 그 안에 들어가는 필요 경비를 생각하면 아무리 싸도 60만 원은 넘어야 한다. 그게 정상이다. 하지만 사람들은 무조건 싼 것만 생각하면서 계약한다. 그리고 그것이 문제가 된다. 정작 동남아에 가면 관광지가 아닌 물건을 사게 하기 위해 마트에만 끌고 다니기 때문이다.

'그러고 보니 이때쯤이 딱 그런 약관 사기들이 횡행할 때인가?'

약관 사기란 간단하다. 사람들이 제대로 약관을 보지 않는 것을 이용해서 약관 내에 터무니없는 조항을 넣고 그 배상을 요구하는 것이다. 동남아 여행의 3분의 2 이상이 쇼핑으로 구성되어 있는 것이 대표적인 예다.

"그 렌터카 업체도 약관 사기를 친 거죠."

아마도 노형진이 보지는 못했지만 계약 위반 시 전체 임대료를 지급하는 것으로 약관이 구성되어 있을 가능성이 높다.

"그게 말이 돼?"

"됩니다. 현행법상 그래요."

현 정부는 국민들의 피해 같은 것보다는 철저하게 기업 위주의 정책을 짜고 있다. 그러다 보니 아무래도 재판 역시 그 영향을 받아서 철저하게 기업 위주로 운영하게 된다.

"일단 약관에만 되어 있으면 솔직히 법보다 우선해 버리죠."

"그게 말이 돼?"

"네."

물론 약관에 사인한다고 해서 뭐든 법보다 우선하는 건 아니다. 가령 약관에 신체 포기 내용이 들어 있으면 아무리 기업이라고 해도 그걸 우선시할 곳은 없다. 하지만 일반적인 내용, 즉 금전이나 서비스 등에 대한 내용이 들어 있는 경우 민사법은 일반적으로 법적인 내용보다 약관을 우선시한다.

"특히나 이런 가격이나 서비스 등은 법적으로 규정된 게 아니니까요."

법적으로 어떻게 해야 한다고 규정되지 않은 경우에는 더더욱 그렇다.

"말도 안 돼!"

"안 되기는요. 당장 비행기만 해도 언제 취소하든 30%는 위약금으로 떼어 가잖아요."

"끄응……."

박광석은 이를 빠드득 갈았다.

맞는 말이다. 가령 비행기를 예약했는데 세 달 전에 그걸 취소하는 경우, 실질적으로 여행사와 항공사에는 피해가 없다. 하지만 그들은 위약금이라는 명목으로 돈을 뜯어 간다. 그러다 보니 피치 못할 사정으로 못 가게 된 사람들은 심한 경우 50%의 돈을 뜯기게 된다.

"이쪽도 그렇고요. 솔직히 말해서 이건 저도 못 이겨요, 재판하면."

"뭐?"

천하의 노형진이 못 이긴다는 말에 박광석은 기가 막힌다는 얼굴이 되었다. 어떤 상황에서도 승리를 만드는 변호사. 그게 노형진의 이름이 가지는 무게다. 그런 그조차도 못 이긴다니.

"그게 현실이라니까요."

노형진은 어깨를 으쓱했다. 자신이 아무리 잘났다고 해도 결국은 변호사다. 판결을 내리는 판사들을 이길 수는 없다.

"더군다나 저들도 그걸 알고 움직이는 녀석들이라서요."

"뭐, 공정거래위원회로는 안 되려나?"

"될 리 없죠."

그쪽은 사법기관이 아니다. 그쪽에서 뭐라고 하든 그건 일종의 권고일 뿐, 그걸 지킬 이유는 없다.

'이건 영 안 좋아.'

이게 심해지니까 나중에는 심각한 문제가 되었다. 나중에는 아예 여행 일정을 투명하게 공개하는 것이 보통이었다. 그럼에도 그걸 어기는 놈들이 많긴 했지만.

'결국 자폭인데 말이지.'

이때만 해도 자잘한 여행사들이 많았다. 그런데 정작 그들은 모두 이런 짓거리를 하다가 사라지고 결국 거대 기업들만 살아남게 된다.

그럴 수밖에 없다. 한쪽은 비싸지만 투명하게 운영하는 반면 다른 한쪽은 싸지만 바가지를 씌우고 사기를 치니 사람들이 절로 비싼 쪽을 택하게 되는 것이다.

'물론 한탕 하고 나가려는 녀석들한테는 관심도 없는 일이지만.'

결국은 자기들이 돈을 벌기 위해 시장을 교란하고 더 많은 사람들에게 피해를 주는 행위지만 정부는 그걸 막을 의지가 없었다.

"망할. 그럼 이 녀석들한테 돈을 줘야 한다는 거야?"

박광석이 사법시험에 붙었다곤 하지만 아직 사법연수원을 거쳐야 한다. 당연히 실전을 겪어 본 적이 없는 그로서는 속이 터질 수밖에 없다.

"그런 경우 많아요."

노형진은 안타까운 얼굴로 입맛을 다셨다.

"물론 조정하게 되면 어느 정도 깎이겠지만 일단은 어느 정도 빼앗기겠지요."

노형진의 말에 박광석은 이를 뿌드득 갈았다.

"망할 놈들."

"망할 놈들이죠."

사람들은 노력해서 돈을 벌기보다는 쉽게 돈을 벌려고 하기 마련이다. 문제는 이런 약관 사기는 피하려고 해도 쉽게 피할 수 없다는 것이다.

"돈이 없는 건 아니지만."

노형진에게 200만 원 정도 되는 돈은 푼돈이다. 사실 하루

이자도 안 되는 돈이기도 하다. 하지만 노형진은 약관 사기를 하는 녀석들이 왠지 괘씸했다.

'약관 사기라…….'

노형진은 곰곰이 생각에 빠졌다.

"약관 사기?"

"네, 방법이 없을까요?"

"흠…… 하긴, 요즘 뉴스에 많이 나오지."

"그러니까요. 우리나라 사람들은 이면을 보지 못한다니까요."

노형진조차도 안타깝게 생각하는 그것. 바로 우리나라 사람들은 겉만 보려고 한다는 것이다. 노현아 역시 그런 함정에 빠졌고 말이다.

"10억을 받았습니다, 인가?"

"크큭."

송정한의 말에 노형진은 자신도 모르게 피식 웃었다.

"푸르댕댕생명 말씀이군요."

"그래."

그곳에서 나왔던 유명한 광고 〈10억을 받았습니다〉.

그건 실제 있었던 일이지만 병신 같은 연출력과 적절하지 않는 상황 설정으로 졸지에 아내가 남편을 청부 살인하고 보험 설계사와 눈 맞았다고 사람들이 비꼬았다.

"그 당시 사람들이 알지 못한 게 보험료지."

"그렇지요."

10억을 받기 위해서는 애초에 그 의사가 매달 203만 원의 보험료를 내야 한다. 그런데 그 광고가 나간 것은 고작 보험료 한 번 내고 갑자기 죽어 버렸기 때문이다. 심지어 그 보험 계약서가 보험사에 도착하기도 전에 말이다. 보험회사는 자신들의 믿음을 보여 줄 기회라 생각했지만 결과적으로 감독의 연출력이 졸지에 배우들을 청부 살인범과 불륜을 저지른 사람으로 만들어 버렸다.

"하여간 그런 약관 사기는 심각한 문제이기는 한데."

"흠……."

문제는 이 약관 사기는 미래에도 활개를 치고 다닌다는 것이다. 대표적인 예가 바로 모 기업에서 한 1밀리미터 글자 사건.

개인 정보를 외부에 팔아먹겠다는 동의서를 종이에 1밀리미터로 깨알보다 작게 써서 동의를 얻은 뒤 다른 기업들에게 개인 정보를 1인당 4,500원씩 받고 팔아넘긴 것이다. 그리고 재판부는 그게 합법이라는 식으로 판결해 버렸다.

결과적으로 기업이라고 하면 무조건 편들어 주는 정부의 정책과 사회생활이라고는 전혀 해 본 적 없는 판사들의 무능이 만들어 낸 바보 같은 판결이었다. 물론 판사들이 막대한 뇌물에 무릎을 꿇었을 가능성도 높지만 말이다.

"그런데 말이야, 이걸 어떻게 해야 하지?"

"어떻게 하긴요. 줘야지."

"방법이 없나?"

"소송한다고 해도 결국 전국에 매년 수만 건의 소송이 생기는데 그걸 고치기 위해서는 우리가 다 일일이 해야 한다는 건데, 가능하겠습니까?"

"그건 그러네."

자신들이 아무리 노력해도 결국 약관 소송은 이기지 못한다. 기본적으로 다른 소송과 다르게 상대방의 동의라는 것을 얻었기 때문이다.

"이거참, 동의만 얻으면 내장도 빼낼 기세야."

"흠……."

노형진은 잠시 고민에 빠졌다.

"왜 그래? 무슨 고민 있어?"

"뭐, 다른 건 솔직히 모르겠지만 말입니다, 이런 식으로 약관 소송을 하는 놈들을 엿 먹일 방법을 생각 중입니다."

"생각? 방법이 있어야지. 애초에 이건 위법만 아니면 뭐든 허용된다고."

"그래요."

"하긴."

성문법 국가는 이런 것이 문제가 된다. 법에 없으면 뭐든 허용되니까.

"그런데 말입니다."

"네?"

"문득 그런 생각이 들었는데요."

"어떤?"

"그 약관에 다른 조항도 있잖아요? 그런 걸 이용하면 안 될까요?"

"다른 조항?"

"네."

노형진의 말에 송정한은 고개를 갸웃했다. 확실히 다른 조항이 있기는 하다. 하지만 피해자에게 유리한 조항을 그들이 넣어 놨을까?

"다른 조항이 있다고 한들 그게 피해자에게 유리하게 되어 있을 거라 생각하기는 힘든데?"

"그렇지요?"

"그러니까 약관 사기지."

사기라는 이름이 붙는다는 건 기본적으로 그들에게 뭔가를 노리고 상대방을 속인다는 뜻이다.

"왜 누나 문제가 영 찝찝한가 봐?"

"그렇지요. 애까지 있는데 그것 때문에 스트레스를 좀 받는 모양이더라고요."

"흠……."

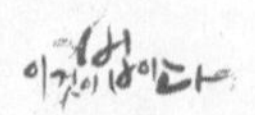

물론 노형진의 입장에서는 작은 사건이다. 하지만 다른 사람도 아닌 친누나가 피해자인 사건이다. 그런데 자신이 그냥 돈 200만을 주고 해결하기는 좀 그랬다.

'누나가 그걸 받아서 해결할 사람도 아니고.'

그도, 그의 아버지도 엄청난 부자가 되었음에도 노현아는 자기가 직접 등록금을 벌어 보겠다면서 알바를 하기도 했다. 물론 혼자서는 감당할 수 없었기에 도움을 받았지만 말이다.

"그럼 이번 사건을 노 변호사가 해결하는 건 어때?"

"제가요?"

"어차피 매형은 변호사 자격이 없잖아?"

"그렇지요."

"더군다나 판사 지망이라며?"

노형진은 고개를 끄덕거렸다. 자신을 만나고 박광석의 미래가 일부 바뀌었다. 검사에서 판사 지망으로 말이다.

"솔직히 돈도 중요하지만 자기 가족 문제도 해결하지 못하는 변호사는 좀 그렇잖아?"

"그런가요?"

"그래, 그리고 노 변호사는 당분간은 사건이 없지?"

"없는 건 아니지만."

없는 건 아니다. 하지만 아주 급한 것도 없기는 하다.

"그럼 이참에 가족들 사건도 한번 해결해 봐. 자기가 변호사인데 남한테 사건을 맡기는 것도 웃기잖아?"

송정한은 노형진의 사정을 아는지 노형진에게 직접 해결해 보라고 했다. 노형진은 마음을 굳혔다.

“그렇게 해 주시면 감사하죠.”

“그 대신.”

“대신?”

“누구 한 명 데리고 가야 하지 않겠어?”

그러자 옆에 있던 성관중 변호사가 미소를 지으면서 노형진을 바라보았다.

“반갑습니다. 성관중입니다.”

“박광석입니다.”

두 사람이 인사하는 사이, 노형진은 약관을 이리저리 살펴보고 있었다. 아니나 다를까, 그 안에 있는 모든 내용들은 절묘하게 피해자인 고객에게 불리하게 되어 있었다.

“역시 그렇군요.”

약관에 따르면 위약금을 지불하지 않을 경우 해당 차량은 사용한 것으로 간주되며 그 경우 사용료를 전액 납부하도록 되어 있었던 것이다.

“그날 나오고 나서 따로 연락 온 적 있어요?”

“없지.”

있을 리 없다. 박광석이 나오고 나서 바로 다른 사람에게 빌려줬을 테니까.

"아무래도 그쪽이 성수기다 보니 별 거지 같은 사기를 다 치네."

한여름의 제주도는 말 그대로 최고 성수기다. 그러니 그들의 입장에서는 그가 해약하고 가는 것이 도리어 남는 장사다. 위약금은 위약금대로 받고 차는 차대로 빌려주고 말이다.

"이거참……."

노형진은 잠시 고민하다가 문득 좋은 생각이 머리를 스치는 것을 느꼈다,

"여기 보면 말이죠, 이거 사용한 것을 간주한다고 되어 있죠?"

"그렇지."

"그럼 만일 차를 가지고 간 것이라면 그 비용은 누가 낸 거지요?"

"응?"

"아까 형님이 말씀하셨잖아요? 이거 누군가 다른 녀석이 썼을 거라고."

박광석은 고개를 끄덕거렸다.

"만일 형님이라면 어떻게 판결하실래요?"

"응?"

"판결 말이에요."

"판결이라……."

박광석은 곰곰이 생각에 잠겼다. 아무리 봐도 딱히 방법이 없었다. 억울하기는 하지만 말이다.

"글쎄…… 약관상에 나와 있는 내용에 따르면 내가 그 비용을 내는 게 맞기는 해. 억울하지만 말이야."

"그렇지요?"

"그래."

"그런데 정작 그 차는 다른 사람이 썼잖아요?"

"그런데?"

노형진은 그 부분에서 맹점을 발견하여 그 부분을 적극적으로 공략하기로 했다.

"결과적으로 렌트란 빌리는 동안은 자기 차란 말이지요. 후후후."

"……?"

박광석도, 성관중도 고개를 갸웃할 수밖에 없었다.

"결국 세상은 물고 물리는 겁니다."

⚖

"야야…… 마셔, 마셔."

"부어라! 마셔라!"

"위하여!"

최종유는 자신의 결혼을 축하해 주는 다른 사람들과 함께

술을 마시고 있었다.

"결혼 축하한다."

"땡스."

"이거참, 네가 결혼할 거라 생각하지 못했는데."

"하하하."

그는 얼마 전 결혼하고 제주도로 신혼여행을 다녀온 참이었다.

"이제 남은 건…… 으흐흣."

"뼈와 살이 녹는 밤."

"야, 이 자식아! 남는 게 아니라 벌써 녹았겠지!"

"이 자식들이!"

"하하하!"

친구들의 이야기를 들으면서 기분 좋게 축하주를 마시는데 갑자기 전화기가 울리기 시작했다.

"얼, 마나님?"

"벌써야? 신혼이 좋기는 좋네."

"응?"

하지만 최종유는 고개를 갸웃했다. 오늘 친구들과 마신다고 했으니 당연히 기다릴 거라 생각했던 것이다.

"뭐지?"

그는 고개를 갸웃하면서 전화기를 들었다.

－오빠!

"어쩐 일이야? 나 보고 싶어서 그래? 에이, 금방 들어갈게. 씻고 기다려."

"우후후후, 짐승!"

친구들의 야유을 듣고 피식 웃던 그는 다음 말에 지금까지 마신 술이 몽땅 깨는 것을 느꼈다.

-지금 그게 문제가 아니야! 오빠한테 민사 소장이 들어왔다고!

"뭐?"

그는 자신도 모르게 벌떡 일어났다.

"뭐야? 뭔 일인데?"

"설마 벌써 허니문 베이비라도 생긴 거냐?"

사정 모르는 친구들의 말은 그의 귀에 들어오지도 않았다.

-새론이라는 곳으로부터 소장이 들어왔어. 불법 차량 사용에 대한 손해배상으로 300만 원을 내놓으래!

"무슨 소리야? 차라니? 무슨 차?"

그는 차가 없다. 그래서 차를 쓸 일도 없다. 그런데 차라니?

-제주도에서 쓴 거 말이야! 제주도!

"제주도?"

그는 자신이 제주도에서 비싼 돈을 주고 빌렸던 차가 생각이 났다. 성수기라서 예약하지 않고 가는 바람에 비싸지만 어쩔 수 없이 빌렸던 자동차.

"그게 무슨 말도 안 되는 소리야? 그게 왜 남의 차야? 렌터카 업체에서 돈 내고 빌렸다고!"

–알아! 그때 우리가 카드로 결제했잖아! 그런데 불법 사용으로 소장이 날아왔다고!

아무래도 전화로는 이해할 수가 없다고 생각한 최종유는 서둘러 옷을 챙겨 입기 시작했다.

"기다려! 내가 바로 갈게!"

"뭐야? 가냐?"

"벌써 내빼냐?"

"미안하다, 지금 집에 소장이 왔다고 해서."

"소장?"

친구들이 고개를 갸웃했지만, 그는 다급하게 신혼집으로 달려가기 시작했다.

"일단 조정에 응해 주셔서 감사합니다."

일반적으로 재판은 정식으로 재판하기 전에 조정이라는 과정을 거친다.

조정이란 말 그대로 정식으로 재판하기 전에 서로 이야기를 나누고 화해하는 과정이다. 물론 그렇게 한다고 해서 다 화해하는 건 아니지만 소액의 경우 조정을 통한 화해가 많은 편이었다.

"이쪽은 원고 측 대리인인 노형진 변호사와 성관중 변호사. 이쪽은 피고 측인 최종유 씨."

조정관이 사람들을 화해시키려고 노력했지만 서먹한 분위기는 사라지지 않았다.

"자, 자, 일단은 여기 모이신 건 아시다시피 이번 사건을 조정을 통해 좋게 해결하기 위해서……."

"전 잘못이 없습니다."

"네?"

노형진은 좀 딱딱하게 나가기로 했다. 계획을 위해서는 그가 주도권을 잡아야 하니까.

"당연히 없죠. 애초에 박광석이라는 이름은 들어 본 적도 없어요."

최종유는 억울했다.

"일단 말입니다, 뭘 잘못하신 건지 알려 드리겠습니다."

성관중은 그를 바라보면서 말을 꺼냈다.

"그 차량은 박광석 씨의 임대 차량입니다. 당연히 그 관리 및 책임은 박광석 씨가 지도록 되어 있지요."

"그런데요?"

"그런데 그가 관리하지 않는 사이에 그 차량을 가지고 가셨잖습니까? 당연히 그건 점유 이탈물 횡령에 속합니다."

"네?"

"임대 중인 박광석 씨의 차량을 가지고 가셨잖아요!"

"그건 우리가 임대한 거라니까요!"
"증명할 수 있습니까?"
"그거야……."
있을 리 없다. 모든 사람들이 그렇듯 그들 역시 일이 끝나고 나서 그 계약서를 버렸기 때문이다.
하지만 노형진은 달랐다.
"우리는 증명할 수 있죠."
노형진은 미리 준비한 계약서를 꺼내 들었다. 거기에는 날짜와 시간, 차량 종류, 번호까지 모조리 적혀 있었다.
"어떠신가요?"
"으으윽……."
최종유는 이를 바득바득 갈았다. 현장에서 빌린 것이라 가지고 있는 증거가 없었기 때문이다.
"진짜로 돈 주고 빌린 건데."
"말이 안 되죠, 우리가 빌린 걸 그쪽이 빌렸다는 건."
"하지만 그럴 거면 왜 그쪽에서 쓰지 않은 겁니까!"
그는 볼멘소리로 따져 물었다. 하지만 그런 것에 당황할 노형진이 아니었다.
"우리가 빌린 걸 어떻게 쓰든 그건 우리 마음이지요. 안 그런가요? 남의 기준에 맞춰서 그걸 써야 한다는 법이 있습니까?"
"……."

맞는 말이다.

'돌겠네, 진짜.'

결혼하는 데에 들어가는 돈은 적지 않다. 그러니 300만 원의 손해배상은 타격이 클 수밖에 없었다. 더군다나 결혼을 준비하는 데에 돈이 다 들어간 상황에서 말이다.

"그러니까 왜 남의 차를 무단으로 사용합니까?"

"무단으로 사용한 게 아닌데……."

그는 울 것 같은 얼굴이 되었다.

증거도 없고, 이길 수 있는 길은 보이지도 않았다. 변호사를 살까 했지만 손해배상이 300만 원인데 변호사비는 400만 원이었다. 더군다나 이기면 승소 비용까지 달라고 했다.

"자, 자…… 진정들 하시고."

분위기가 너무 차갑다고 느껴진 건지 조정관은 애써 분위기를 바꾸려고 했다.

"원고 측도 좀 양보해 주세요. 한 150만 원 정도에서."

"싫습니다. 우리는 피해자인데 왜 양보합니까?"

"전 정당하게 돈을 주고 빌린 거라니까요!"

결국 끊임없이 평행선을 달리는 양측.

결국 조정관은 한숨을 쉬면서 조정을 포기했다.

"어쩔 수 없네요. 그럼 조정 결렬로 하겠습니다."

"그러지요."

노형진은 자리에서 일어났다. 그리고 최종유에게 자신의

명함을 건넸다.

"더 이야기하고 싶으시다면 이쪽으로 오세요."

그렇게 나가는 노형진을 최종유는 물끄러미 바라볼 뿐이었다.

"올까요?"

"옵니다."

노형진은 사무실에서 다른 소송 자료를 정리하면서 확신에 찬 대답을 했다.

"차라리 처음부터 도와 달라고 하면 안 되나요? 그렇게 몰아붙일 필요까지는 없지 않습니까? 애초에 점유 이탈물 횡령이 성립하기도 힘들어 보이는데."

"한국 사람을 너무 착하게 보시네요. 기본적으로 인간은 자신에게 해가 되지 않는다면 남을 도와주려 하지 않습니다. 하물며 소송은 더 그렇지요. 교통사고가 교차로에서 나면 가장 힘든 게 뭐지요?"

"끄응…… 증인을 찾는 거죠. 알 것 같습니다."

성관중은 노형진이 왜 그렇게 최종유를 몰아붙였는지 알 것 같았다. 교차로는 차들이 많이 다닌다. 그런데 정작 그곳에서 사고가 나면 증인을 찾는 게 쉬운 일이 아니다. 다들 자기 일이 아니라고 생각하기 때문이다. 서로가 다른 사람이 증언을 해 줄 거라 생각하면서 가 버리기에 정작 증인을 찾는 게 힘든 일이 되어 버린다. 만일 노형진이 최종유에게 이런 사정으로 도와 달라고 한다면 그가 도와줄까? 그럴 가능성은 적다. 소송에 휘말리면 법원에 왔다 갔다 해야 해서 귀찮아지기 때문이다.

"그러니 이쪽에 응하지 않으면 손해를 입는다고 못 박아 놔야 상대방을 움직일 수 있을 겁니다."

"씁쓸하군요."

"그게 현실이죠. 아시잖습니까?"

성관중은 고개를 끄덕거렸다. 그는 다른 변호사들보다 사회 경험이 많은 편이라 사람들의 일반적인 성향이 어떤지 잘 알고 있었다.

"하긴 그렇지요. 적극적으로 증언해 주는 사람은 잘해야 10%나 될까요?"

"그렇습니다."

더군다나 시기나 상황으로 미루어 보면 상대방이 신혼부부일 가능성이 높다. 일반적인 관광객이라면 그렇게 무리해서 차를 쓰려고 하지는 않으니까. 하지만 신혼여행이 일생에 한 번뿐이다 보니 여러 가지 무리한 일을 하게 된다. 그게 그 약관 사기꾼들이 노리는 점이고 말이다.

그때였다. 삑 소리와 함께 울리는 노형진의 전화기.

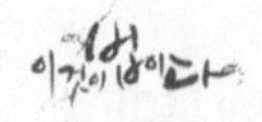

"노 변호사님, 손님이 오셨습니다."

노형진은 빙긋 웃었다.

"올 거라고 하지 않았습니까? 들여보내세요."

노형진이 인터폰으로 이야기하지 잠시 들어오는 최종유.

"반갑습니다. 이쪽으로 앉으시죠."

"네? 아 네."

"그나저나 뭐로 하시겠습니까? 차? 아니면 주스?"

"어…… 녹차로……."

최종유는 전과 다르게 좀 부드러운 상황에 고개를 갸웃했다. 그 전에는 무척이나 딱딱한 분위기였는데 지금은 의외로 분위기가 부드러웠다.

"좀 어색한가 보군요."

"좀…… 그러네요."

"하하, 그때는 아무래도 법원이라는 공간이다 보니 공적으로 접근하게 되니까요. 하지만 여기는 제 개인 공간 아닙니까?"

"그런가요?"

"네."

물론 노형진은 그냥 생각 없이 그에게 부드럽게 대해 주는 것이 아니었다.

"좀 정신없으시죠?"

"솔직히 그렇습니다. 우리는 정당하게 빌린 건데 왜 이런 일이 생긴 건지…….”

“뭐, 솔직히 최종유 씨 잘못은 아니죠. 우리 둘 다 피해자니까요.”

“피해자요?”

“네, 보아하니 최종유 씨도 이중 계약으로 손해 보신 것 같은데 아닌가요?”

“하아.”

노형진의 말에 최종유는 고개를 끄덕거렸다.

“그쪽에서 뭐라고 하던가요?”

“당신들이 계약 해지했다고 하던데요?”

“그래요?”

“네.”

“증거는 있나요?”

“증거라…….”

없었다. 그저 상대방이 계약을 해지한 거라고 말하기만 했다.

“결국 저쪽의 이야기는 우리가 계약을 해지했으니까 남한테 빌려줬다는 건데, 솔직히 말해서 우리는 계약 해지 서류에 사인한 적 없거든요.”

“네?”

“계약 해지 서류에 사인한 적 없습니다.”

물론 틀린 말은 아니다.

해지하려 했지만 그들이 터무니없는 조건을 내밀어 박광

석이 화내며 그냥 나왔으니까. 그리고 그들은 그걸 기준으로 계약이 해지되지 않았으므로 200만 원의 사용료를 내놓으라고 소송을 건 거다.

"이건 명백하게 이중 계약이거든요. 결과적으로 우리도, 최종유 씨도 그 녀석들한테 놀아난 겁니다. 우리는 차를 못 썼고 최종유 씨는 그들에게 속아서 남의 차를 끌고 갔고 말이죠."

최종유는 이를 빠드득 갈았다.

'걸렸구나.'

노형진이 이전과 다르게 잘해 주면서 이야기를 꺼낸 것은 같은 피해자라는 동질감을 만들기 위해서였다.

"그래서 말인데 최종유 씨가 좀 도와주시면 서로에게 참 좋을 것 같습니다."

"제가 도와준다면요?"

"네."

"아니…… 어떻게요?"

"간단합니다. 우리한테 사건을 맡기는 거죠."

"사건을 맡긴다?"

"네, 그러면 모든 것이 자연스럽게 해결될 겁니다."

"그럼 돈은……."

결국 최종유가 걱정하는 것은 그것이었다. 당장 자신은 변호사를 고용할 돈이 없다. 그러니까 이렇게 발로 뛰는 것이고 말이다.

“그 부분은 우리가 알아서 하죠. 말했잖습니까, 우리도 피해자라고? 피해자끼리는 서로 돕고 살아야지요. 안 그래요?”

노형진은 미소로 그를 달래고 있었지만 성관중은 그 미소 안에서 공포를 느끼지 않을 수가 없었다.

네 돈도 내 돈, 내 돈도 내 돈

"노 변호사님."

"네?"

"노 변호사님은 천재 아닙니까?"

"천재 아닙니다."

"근데 이런 얍삽한 생각을 어떻게 하신 겁니까?"

성관중은 혀를 내둘렀다.

그는 사회 경험이 많다. 그래서 그걸 한껏 살릴 수 있는 서민 관련 사건을 담당하겠다고 나선 것이다. 그런데 생각지도 못한 방식으로 사건이 비비 꼬이는 듯하더니 렌터카 업체는 그들도 모르는 사이에 자신들이 만든 함정에 빠져 있었다.

"그런 겁니다. 결국은 말마다 다른 게 재판이거든요."

노형진은 옷을 단정하게 하면서 웃었다.

"자, 그럼 그쪽에서 뭐라고 하는지 한번 알아볼까요?"

노형진은 미소를 지으면서 법원으로 향했다.

"기대되는군요."

"다음 사건."

재판이라고 해서 다 똑같은 것은 아니다. 소액 재판이라는, 한 명의 판사가 단시간 내에 진행하는 재판이 있다. 소송가액 2천만 원 미만인 사건들은 이런 재판을 통해서 판결하는 게 보통이다.

이 재판은 짧으면 3분, 길어야 10분 안에 결판이 난다. 그러다 보니 미리 제출하는 증거가 가장 중요하다. 그때 가서 변론하거나 방어하기에는 시간이 너무 부족하기 때문이다.

"원고 최종유 대 피고 차종렌터카."

직원의 말에 앞으로 나간 형진은 길게 이야기하지 않았다.

"미리 제출한 준비서면에서 보다시피 피고 차종렌터카가 이중 계약을 통해 남의 차량을 무단으로 빌려준 것으로 인해 원고는 원래 계약자로부터 부당하게 손해배상을 청구받아 차량 임대료 200만 원과 신혼여행을 망친 것에 대한 정신적 손해배상 비용인 100만 원을 추가로 배상해야 했습니다."

"음……."

판사는 피곤한 얼굴로 서류를 뒤적거렸다. 그럴 수밖에 없다. 그렇게 하루에 해결해야 하는 사건의 수는 적으면 50건, 많으면 100건이 훌쩍 넘다 보니 제대로 사건을 판단하기에는 시간이 부족하기 때문이다. 결국 증거가 이끄는 대로 판단하기 일쑤였다.

'그래서 내가 소액 재판을 신청한 거지.'

물론 다른 방식으로 해도 된다. 하지만 노형진은 이번에는 소액 재판을 이용해 피고 측이 불리하다는 사실을 부각시켜야 했다.

"확실히 이중 계약인 것 같군요. 피고 측, 할 말 있습니까?"

"그건 이중 계약이 아닙니다. 해당 차량은 전 차량 사용자가 계약 해지한 겁니다."

"증거 있습니까?"

"네?"

"증거 있느냔 말입니다. 여기 보면 양쪽 계약서가 똑같이 되어 있습니다. 시간도, 차량 번호도, 이용 시간도 동일하게 되어 있으니 결과적으로 이중 계약이 맞잖아요?"

"그거야…… 그렇지만, 전 계약은 해지가……."

"그러니까 계약 해지했다면 증거가 있을 거 아닙니까?"

하지만 그게 있을 리 없다. 그리고 상대방은 지금까지 그걸 이용해서 다른 사람들에게 돈을 뜯어 왔다. 하지만 이번에는 그게 도리어 약점이 되어 그들에게 돌아왔다.

"어…… 확인해 보겠습니다."

"일주일 이내에 제출하시지 않으면 다다음주 기일에 결심하겠습니다. 다음 사건."

시작된 지 5분 만에 재판이 끝나고 다음 재판으로 넘어가자 차종렌터카의 사장은 어벙한 얼굴로 그곳에서 나올 수밖에 없었다.

'죽어라 찾아봐라.'

박광석은 해지한 적이 없는데 그들은 그걸 핑계로 200만 원을 요구했다. 그런데 이제는 그게 저들의 약점이 된 것이다.

"피고."

"네?"

"다음 사건 해야 합니다. 자리 비켜 주세요."

"아, 네, 네……."

지금의 상황이 이해되지 않아 멍하니 피고석에 앉아 있던 차종렌터카의 사장은 판사의 경고에 놀라 화들짝 일어나 서둘러서 바깥으로 나왔다.

그런 그가 만난 것은 다름 아닌 노형진이었다.

"당신들."

"어이구, 사장님. 바쁘십니다."

"당신들 말이야, 이렇게 하고도 멀쩡할 줄 알아?"

노형진이 피식 웃었다.

"협박하는 겁니까? 설마 여기가 법원이라는 사실을 잊어 버린 건가요?"

"……."

그는 재빨리 입을 다물었다.

'참 가지가지 한다.'

이런 식으로 사업하는 녀석들은 뻔하다. 기껏해 봐야 어디서 사기 치는 법이나 배워서 온 녀석들일 것이다.

'그리고 그 뒤에는 쩐주가 있을 테고.'

차량을 확보해야 하다 보니 아무래도 이런 돈이 들어가는 사건들로 자금을 충당하는 데에는 한계가 있다. 그리고 그 쩐주라는 놈은 보통 질 좋지 못한 녀석일 수밖에 없다.

'그리고 그걸 믿고 저러는 것일 테고 말이야.'

물론 수도권에서 생활하는 녀석이라면 노형진을 대상으로 그런 소리를 하지는 못했을 것이다. 하지만 그는 제주도에서 생활하다 보니 노형진에 대해 모르는 모양이었다.

'그러고 보니 제주도에는 새론 지부가 없었지?'

하다못해 지부라도 있었다면 알았을지도 모른다. 하지만 지부마저 없으니 모를 수밖에.

"당신들이 그렇게 장난치면 우리가 당할 것 같아? 내 뒤에 누가 있는지 알아?"

"글쎄요? 그건 잘 모르겠지만 최소한 대검찰청 중수부장급 이상이나 대룡급 이상의 기업이 있기를 바라야겠네요."

"뭐?"

성관중은 피식 웃었다. 고작 사기나 치고 다니는 녀석에게 그런 백이 있을 리 없지 않은가?

"그 쩐주가 누군지 모르겠지만 부디 자비심이 많아야 할 겁니다."

"뭐라고?"

노형진은 더 이상 이야기하지 않았다. 해 봐야 입만 아프다는 걸 알기 때문이다.

"다다다음번에 만날 때는 부디 좋은 일로 만나기를 기대하겠습니다."

"다다다음번?"

"다음번이랑 다다음번에는 좋은 일로 만날 일이 없을 것 같아서요. 하하하."

노형진은 차종렌터카 사장의 속을 박박 긁으면서 그곳을 나왔다.

"젠장, 그 새끼는 뭐야"

렌터카 사장은 속을 뒤집어 놓은 변호사 녀석에게 한 방 먹이고 싶었다. 하지만 오후에 재판이 또 있고 변호사란 존재를 섣불리 공격하면 좋은 꼴을 보지 못한다는 걸 알기에 그저 이를 빠드득 가는 수밖에 없었다. 게다가 새론이라는 이름은 영 찝찝했다.

"망할…… 그렇게 유명한 곳이었어?"

알지 못했지만 새론은 서울에서는 순위가 높은 곳이었고 규모도 전국 3위나 4위 안에 들 정도로 컸다. 그리고 소문에 따르면 진짜로 대검찰청 중수부에도 선이 닿아 있는 듯했다.

"염병…… 별 엿 같은 사건이 걸려서."

그나마 다행인 것은 두 개의 재판이 동일한 날짜와 장소에 있어 제주도에서 서울로 두 번 올라올 필요가 없다는 것이다.

"하필이면……."

다만 찝찝한 것은 이전 재판의 판사가 다시 나온다는 것이다. 어쩔 수 없다. 소액 재판은 한 명의 판사가 하루씩 담당하니까.

"다음 사건."

아까 아침보다 훨씬 피곤한 얼굴로 다음 사건을 부르는 판사.

사건 번호를 듣고 앞으로 나가던 사장은 우뚝 멈출 수밖에 없었다. 그처럼 사건 번호를 듣고 나오는 남자가 다름 아닌 아침 재판에서 상대방을 변호했던 사람이었던 것이다.

"원고 차종렌터카. 피고 박광석."

법원 직원이 부르는 이름에서 알 수 있듯이 바뀐 거라고는 원고와 피고뿐이었다. 아침에는 자신이 피고였는데 이번에는 상대방이 피고라는 정도?

"차종렌터카! 원고 측에는 아무도 없습니까?"

그가 놀라서 멈춘 사이 시간이 좀 흘렀는지 짜증스럽게 부르는 직원의 말에 헐레벌떡 나가는 사장.

노형진은 그를 보면서 미소를 지었다.

"아까 말했지요? 다다다음번에 만날 때는 좋은 관계로 만나자고요."

아까는 그게 무슨 소리인가 했다. 하지만 닥치고 보니 알 수가 있었다. 다음번에는 좋게 만날 수가 없었던 것이다.

"이이익!"

그는 이를 갈았지만 이미 방법이 없었다.

"원고 측, 할 말 있습니까?"

사장은 재빨리 고개를 돌렸다. 억울한 것은 억울한 것이고 재판은 재판이다.

"재판장님, 피고 측이 미리 계약한 차량을 무단으로 방치하여 원고 측에게 막대한 피해를 입혔습니다. 차량의 대기로 인해 해당 차량을 이용하지 못한 바, 손해배상으로 200만 원의 사용료를 청구하는 바입니다."

판사는 물끄러미 그 변론 기록을 보다가 다시 원고인 그를 바라보았다. 그리고 기가 막혀서 말이 나오지 않는다는 듯 입을 열었다.

"원고 측."

"네?"

"이거, 아까 낮에 이중 계약으로 민사 당한 거 아닙니까?"

"그…… 그게……."

"원고, 지금 장난해요? 내가 무슨 금붕어 대가리인 줄 알아요?"

"……."

아무리 바쁘고 피곤하다고 할지라도 판사는 아침에 한 사건을 저녁에 잊어버리는 바보가 아니다. 애초에 그런 바보는 사법시험을 통과할 수도 없다. 당연히 원고인 사장의 말에 기가 막힐 수밖에 없다.

"재판장님, 그건 다른 사건……."

"사건이야 다르지만 차종이랑 차량 번호가 똑같잖아요? 날짜도 똑같고. 장난합니까?"

"그게…… 장난이 아닙니다. 저쪽에서 계약을 해지해서 임대한 건데……."

"그럼 말이 다르잖아요. 방금은 저쪽에서 빌려 가지 않아서 손해 입었다면서요? 고소장에도 그렇게 적었고."

"그러니까 그게……."

'얼씨구, 난 나올 이유도 없었네.'

정작 변호사인 노형진은 가만히 있는데 판사가 짜증스럽게 말하고 있어 실질적으로 재판이 끝난 거나 마찬가지였다.

"취소되었다는 증거도 없는 상황에서 이중 계약으로 고소당했으면서 저 사람들이 계약 취소했으니 돈을 돌려 달라는 게 말이 된다고 생각합니까?"

"에…… 그게 약관에 따르면 말입니다……."

확실히 약관에는 그렇게 되어 있다. 그래서 그들이 그렇게 막 나갈 수 있는 것이다. 하지만 그 약관에는 치명적인 약점이 하나 있었다.

"그건 당신들이 약속을 지켰을 때의 이야기지요."

노형진은 마치 무심하다는 듯이 한마디 툭 던졌다.

"뭐요?"

"안 그런가요? 당신들이 이중 계약을 하는 바람에 결국은 우리 쪽에서 차를 못 빌린 건데, 정작 당신들이 우리가 계약을 해지했다고 돈을 요구하는 건 말도 안 되죠."

"무슨 소리야! 너희가 했잖아!"

"증거 있습니까?"

"이 새끼가 정말!"

그는 노형진의 깐죽거림에 머리가 터지는 듯한 기분이었다. 그리고 그걸 본 판사의 머리에도 김이 올라왔다.

"원고! 여기 법정입니다! 어디서 새끼를 찾아요!"

"큭."

"아까도 그렇고 지금도 그렇고, 원고, 증거도 없이 남을 매도하기만 하는데 증거를 가지고 오라고요! 증거를!"

"재판장님, 저쪽에서 계약 해지를 했다는 서류에 사인하지 않아서……."

"그런데 어떻게 계약 해지가 성립됩니까?"

"그게…… 수령을 거부해서 계약 해지로 본 겁니다."

"수령을 거부하다니요? 피고 측은 차를 찾으러 갔더니 다른 사람이 대여했다고 나갔다고 해서 어쩔 수 없이 돌아와야 했습니다."

"거참."

판사는 기가 막혔다. 수백 건의 사건을 하다 보면 별의별 상황을 보게 되지만 똑같은 이유로 양측에서 상반된 이야기를 하는 사람은 그가 처음이었다.

"원고 측, 한 가지만 묻죠. 도대체 누구한테 빌려준 겁니까?"

"그러니까 박광석 측이 먼저 예약했는데 와서 수령을 거부해서 말입니다. 그래서 최종유 측에 빌려준 겁니다."

그러자 노형진이 선을 그었다.

"아닙니다. 우리는 인터넷으로 선예약을 하고 갔습니다. 그런데 원고 측이 이중 계약을 하고 난 후에 저희 피고 측이 도착하자 그 책임을 지기는커녕 계약금도 주지 않고 피해자인 피고에게 돈을 요구하는 소송까지 벌인 겁니다."

"아닙니다."

사장은 변명하려 했지만 사건은 그에게 불리하게 진행되었다.

"그러니까 원고 측은 피고 측이 먼저 와서 계약을 해지했다는 건데요."

"네."

"그럼 증거 있습니까? 왜 자꾸 똑같은 말을 하게 합니까?"

결국 증거가 필요하다. 그리고 그 증거가 없으면 아무리 그가 주장한다고 해도 먹힐 리 없다. 도리어 이쪽에는 이중으로 계약된 계약서가 존재한다. 당연히 증거를 가진 쪽이 유리하다.

"아까와 똑같습니다. 증거 가지고 오세요. 증거."

차종렌터카의 사장은 고개를 푹 숙일 수밖에 없었다.

"젠장, 젠장."

일주일의 기한이 지났지만 증거는 찾지 못했다. 없는 걸 만들어 낼 수는 없으니까.

결국 그는 아무런 증거도 제출하지 못한 채로 다른 소송을 하러 다시 서울로 올라갈 수밖에 없었다.

"아, 진짜…… 기분 엿 같네."

물론 한두 번 소송해 본 게 아니다. 돈을 주지 않을 때마다 소송을 통해 뜯어낸 게 어디 한두 번인가?

문제는 그때와 달리 이번에는 그가 당하는 역할이라는 뜻이다.

"아직도 없어?"

"있을 리 없잖아요."

내부에 CCTV 같은 것도, 계약 해지서도 없다. 그렇다고 직원의 증언을 제출하자니 같은 회사의 직원이라 계약서보다 그 신빙성이 떨어질 수밖에 없다.

"일단 오늘 재판에 다녀오고 이야기하세요."

"젠장…… 알았다고."

부하 직원의 말에 그는 툴툴거리면서 나와 다시 재판장으로 향했다. 그리고 들어가면서 얼굴을 찌푸렸다. 익숙한 얼굴을 보았기 때문이다.

"여, 오랜만입니다, 사장님. 일주일 만에 뵙는군요."

노형진의 등장에 사장은 진짜로 속이 터지는 기분이었다.

'이게 다다다음번에 만날 때는 좋은 일로 만나자고 한 거냐?'

벌써 세 번째 만남이다. 그런데 또 노형진이다. 그것도 이번에는 자신이 피고다. 노형진이 그를 이중 계약으로 인한 손해배상과 더불어 그 당시에 택시를 타는 데에 들어간 돈까지 모조리 청구했기 때문이다.

문제는 그 비용이 200만 원이라는 것. 상대방이 청구한 그대로 요구했다는 뜻이다.

"증거는 준비하셨습니까?"

"증거는……."

증거를 준비했을 리 없다. 없는 걸 만들어 낼 수는 없으니까.

'젠장, 다른 놈이라면 위조라도 하겠는데.'

하지만 여기저기 알아본 바로는 노형진을 대상으로 어줍잖게 서류를 위조하는 행동은 자기 무덤을 파는 것이나 마찬가지라고 했다.

"아직 못 했다."

"아이구, 아까워라."

노형진은 깐죽거렸다.

"그런데 미안해서 어쩝니까?"

"뭐가?"

퉁명스럽게 말하는 사장. 하지만 그다음 말에 귀가 번쩍 뜨였다.

"다른 재판이 있어서 말이죠. 이건 제가 맡을 사건이 아니네요."

"뭐?"

"제가 할 수가 없단 말입니다."

가뜩이나 속을 긁어 대는 녀석이 다른 재판 때문에 이 사건을 담당하지 못하게 되었다는 소식에 그는 얼굴이 환해졌다.

"일단은 전 이만 갈 테니까 즐거운 시간 보내시길."

"미친놈."

말이 곱게 나오지 않았다. 하긴 재판하는데 상대방에게 좋게 이야기하는 사람은 없을 것이다. 하지만 그는 노형진이 없다는 것만으로도 기분이 날아갈 것처럼 좋아졌다.

'그래, 일단 저 녀석만 없으면 어떻게든 말발로 후려쳐서

소송을 이길 수 있을지도 몰라.'

어차피 판사는 자신을 모른다. 그러니 잘만 하면 이길 수 있을지도 모른다는 생각을 하면서 그는 서둘러 안쪽으로 들어갔다.

"망할, 저 녀석이랑 이야기하느라고 늦었잖아."

"피고 차종렌터카, 안 나왔습니까?"

"여기 도착했습니다."

그는 아슬아슬하게 시간에 맞춰서 재판정 안으로 들어갔다. 그런데 들어가다가 멈칫했다. 거기에 노형진과 함께 다니던 변호사가 서 있었기 때문이다.

'저 인간은? 성관중이라고 했나? 망할? 그래, 그 새끼보다는 나을 거야.'

아직 성관중과 싸워 본 적이 없는 그는 '혹시나.' 하는 생각을 하면서 앞으로 나갔다. 하지만 앞에서 들리는 깊은 한숨에 자신도 모르게 그쪽으로 고개를 돌린 그는 이번 싸움에서도 자신이 질 수밖에 없다는 사실을 깨달았다.

'이런 염병.'

일주일 전 자신에게 한 소리 했던 판사가 그 자리에 앉아서 자신을 내려다보고 있었던 것이다.

그는 깊은 한숨으로 심경을 표현하더니 단도직입적으로 물었다.

"피고."

"네……."

"증거 있습니까?"

"……."

사장은 할 말이 없었다.

"그때 그 표정을 봤어야 하는데요."

"하하하."

노형진은 신나게 웃었다. 다른 재판이 있어서 그곳에 있지 못했던 것이 안타까울 정도로 그의 표정이 처참했다고 하니 말이다.

"그나저나 사방에서 소송이 몰려든다면서요?"

"그렇겠지요. 그 녀석한테 당한 사람이 한두 명이 아니던데요?"

수백 명이 그런 식으로 당했다. 어떤 사람은 계약 해지하고 어떤 사람은 소송당해서 돈을 뜯겼다.

"그나저나 이번에 이렇게 당했으니 아마 파산할 겁니다."

"그렇겠지요."

노형진은 말하면서도 영 찝찝한 얼굴이 되었다.

"아니, 왜 그러세요? 이번 사건은 잘 끝나지 않았습니까?"

최종유는 차종렌터카에 손해배상을 청구해서 자신들에게

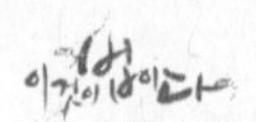

준 이상의 금액을 받아 냈다. 노형진 역시 그들에게서 계약금과 더불어 그곳에서 타고 다닌 택시비까지 모조리 받아 냈다. 결과적으로 약관 사기로 돈을 뜯어낸 행동으로 인해 그들은 돈을 뜯어내기는커녕 몇 배나 토해 내야 했다.

"그래요. 그래서 소문이 나면서 소송 중인 것도 알고 있지요."

"그런데요?"

"그냥 말입니다, 그 쩐주라는 게 영 찝찝해서요."

"쩐주요?"

"네."

노형진이 보기에 이런 사건은 쩐주가 없으면 사업 자체를 시작하지 못한다. 그리고 그 사장의 말이나 행동을 봐서는 그 쩐주라는 사람은 분명 존재한다.

"그게 무슨 문제가 되나요?"

"되죠. 성 변호사님은 만일 돈을 잘 받던 녀석이 사장의 실수로 사업이 망하게 되면 무슨 짓을 할 거라 생각하십니까?"

"흠…… 그거야…… 좋지는 않겠군요."

성관중도 심각한 얼굴이 되었다. 더군다나 상대방은 그다지 좋은 사람이 아닐 건 뻔하다. 애초에 불법적인 일에 돈을 투자한다는 것 자체가 좋은 사람일 수가 없다.

"결과적으로 말입니다, 제가 봐서는 그 쩐주라는 사람이 손쓸지도 모르겠습니다."

"우리한테요?"

"그렇게는 못하죠."

자신들은 대한민국의 변호사이고 상당한 규모를 자랑한다. 자신들에게 잘못 손대면 분명 큰 문제가 생길 것이다. 그렇다면 남은 것은 한 명뿐.

"그 사장 말씀이십니까?"

"네."

노형진은 불안한 감정이 들었지만 할 수 있는 것이 없었다. 그는 고객도, 도움을 요청한 사람도 아니다.

"뭐, 재주껏 알아서 피해야겠지요."

보통 이런 일의 결말을 알고 있는 노형진은 그저 걱정스럽게 말하는 것이 다였다.

"푸하!"

사장은 자신에게 씌인 두건이 벗겨지자 거칠게 숨을 쉬면서 주변을 둘러봤다. 그리고 멈칫했다.

"읍!"

사방에 가득한 피비린내. 그것 때문에 숨을 쉬지 못할 정도였던 것이다.

"으으으."

그가 뭐든 확인하기 위해서 눈을 부라리자 어둠 속에서 나

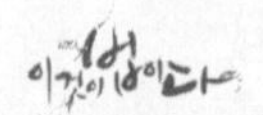

오는 한 남자.

"이봐, 전 사장……."

"자…… 잠시만요. 그건 실수입니다. 그건 실수예요! 한 번만 봐주세요!"

그는 자신이 어디 있는지 알아채고는 비명을 질렀다. 어떻게 해서든 살아야 한다는 생각에 빌었지만 상대방은 눈도 꿈쩍하지 않았다.

"실수야 할 수 있지."

그는 말하면서 자신의 가방을 내려놨다. 그리고 그 안에서 천에 둘둘 말린 뭔가를 꺼내 들었다.

"하지만 말이야, 실수한 후에 그걸 갚아야지, 들고튀면 쓰나."

"튀…… 튀다니요! 그럴 리가요. 아닙니다. 절대 도망가려고 했던 거 아닙니다."

"그래? 애들 말은 다르던데?"

그는 일이 이렇게 될 거라는 사실을 알았다. 돈을 버는 족족 쩐주에게 보냈으니 당연히 자신에게 돈이 있을 리 없다. 결과적으로 손해배상을 해 주려면 회사 집기를 팔아야 했다.

문제는 그 집기 중 가장 가치가 있는 것이 렌터카뿐인데 그런 렌터카는 아무래도 아무나 타는 것이다 보니 그 가치가 떨어져 그걸 다 압류당해도 배상액에 미치지 못한다는 것이다.

"이러면 곤란합니다, 전 사장."

"제발요……. 다시는 안 그렇겠습니다. 뼈가 가루가 되도록 일해서 다 갚겠습니다."

"수억을 말입니까?"

"그건……."

그는 억울했다. 그가 잃어버린 차는 중고차다. 더군다나 렌터카로 쓰던 놈이라 가치가 떨어진다. 그런데 상대방은 새 차 가격으로 판단하고 있었다.

"제발…… 흑흑."

그는 빌었다. 빌고 또 빌었다. 하지만 상대방은 천에 말려 있는 물건들을 탁자 위에 주욱 늘어놓기 시작했다. 그것들은 다름 아닌 수술용 장비들이었다.

"아…… 안 돼……."

"전 사장, 부모님에게 감사하세요."

남자는 뜬금없이 말했고 그 말을 들은 사장은 '혹시나 부모님이 갚아 주지 않았을까?' 하는 일말의 기대를 가졌다. 하지만 그의 부모는 그가 어디 있는지도 모를 터였다.

"못 갚은 빚을 몸으로 갚으라고 이렇게 튼튼하게 낳아 주시다니, 얼마나 고마우신 분들입니까?"

"아…… 안 돼……. 제발…… 뭐든 다 하겠습니다. 제발…… 그것만은…… 제발……."

하지만 남자는 주저하지 않고 주사기에 약을 채운 뒤 전 사장의 목에 주사했다.

"안 돼……."

그는 발악했지만 완전히 의자에 묶여 있는 상황에서 그가 할 수 있는 것은 거의 없었다.

결국 그걸 맞은 그는 축 늘어졌다.

"흠."

그는 전 사장의 눈꺼풀을 뒤집고는 흡족한 얼굴이 되었다.

"한숨 푹 자고 나면 모든 게 끝나 있을 겁니다."

물론 일어나지는 못하겠지만 말이다.

그는 잠든 전 사장에게 그렇게 말하고는 피식 웃다가 전화기를 들었다.

"천 대인, 접니다. 네, 이제 시작할 겁니다. 바로 보낼 수 있게 사람을 보내 주십시오."

그는 그렇게 짧은 통화를 하고 자신이 들어온 방향을 바라보았다. 그리고 거기로 다가가 열린 비닐 문을 확 닫았다.

"전 사장, 좋은 꿈 꾸세요. 흐흐흐."

그의 나지막한 말이 창고 안에 울려 퍼졌다.

팔아? 팔아!

유민택은 요즘 고민이 많았다. 성화와의 싸움이 치열해지고 있는데 정작 그에게는 사람이 없다는 문제 때문이었다.

"몇 번 승리하기는 했지만."

문제는 그 승리가 그다지 충분한 게 아니었다는 것이다.

몇몇은 성화에게 큰 타격을 줬다. 하지만 성화 역시 지지 않고 대룡과 싸우고 있어 지금의 상황은 사실상 난타전에 가까웠다.

"어떻게 생각하십니까?"

"무리 아닌가?"

유민택이 지금 고민하고 있는 건 다름 아닌 자동차 시장에 대해서였다.

“지금이라도 외제 차 수입 시장에 뛰어드는 것이…….”

“그건 무리일세. 자네도 알지 않나, 자동차라는 물건이 어떤 건지?”

“그거야 그렇습니다만.”

사장단의 말에 유민택 회장은 얼굴을 찌푸렸다.

“이건 생각지도 못했는데 말이야.”

수입 차 시장. 유민택은 그 시장이 커질 거라 생각하지 못했다. 하지만 어느 순간 수입 차 시장이 무서운 속력으로 커지기 시작했다. 문제는 성화가 그 시장을 꽉 잡고 있다는 것. 어지간한 수입 메이커는 다 잡고 있는 그들은 시장이 커짐에 따라 막대한 이득을 챙기고 있었다.

“어쩐다.”

“죄송합니다, 회장님. 저희의 불찰입니다.”

“아니야. 누구도 이렇게 시장이 커질 거라 생각하지 못했으니.”

유민택은 입맛을 다셨다.

수입 차 시장이 갑자기 커진 데에는 두 가지 원인이 있었다.

첫 번째는 국내 자동차 생산 업체들의 실수.

그들이 절대적인 점유율만을 믿고 싼 부품을 사용하고 수출용과 국내용을 차별하기 시작한 결과, 사람들의 불신을 얻는 바람에 사람들이 그들에게 실망한 것이다.

두 번째는 극단적인 빈익빈 부익부의 실현.

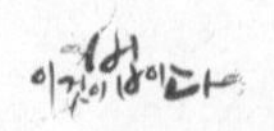

정부가 친재벌 정책을 밀어붙임에 따라 극단적인 빈익빈 부익부 현상이 나타나기 시작한 결과, 하위층에는 돈이 없는데 상위층에는 돈이 넘치게 된 것이다. 그러다 보니 하위층은 차를 사지 못하는 반면, 상위층은 너도나도 수입 차로 눈을 돌리게 되었다.

"지금 남은 수입 자동차 회사가 얼마나 있지?"

"그게…… 사브 정도뿐입니다."

"음……."

사브 역시 좋은 자동차다. 하지만 한국은 지명도에서 밀린다. 결정적으로 사브가 추구하는 것은 안전이지, 디자인이 아니다. 그러나 한국 사람보다는 안전 보다는 지명도와 디자인을 더 추구하는 성향이 있어서 한국 국민들과 맞는 차가 아니다.

"어떻게 생각하나, 남궁 사장?"

고개를 흔드는 남궁 사장.

"사브는 안 됩니다."

"그렇지?"

"네, 한국에 먹힐 만한 디자인이 아닙니다."

"끙, 그렇다고 그걸 안전성으로 밀자니 그것도 무리군."

"무리죠."

사브는 수입 차이기는 하지만 한국인들이 좋아하는 프리미엄급 브랜드는 아니다. 물론 국산보다 훨씬 뛰어난 안전성을 가지고 있기는 하지만 프리미엄 브랜드에 비해서 밀리는 것 또한 사실이다.

“더군다나 성화는 볼렉스를 가지고 있습니다. 안전과 비교하면 솔직히 사브가 볼렉스에 밀립니다.”

“그렇겠지.”

그래도 사브는 어느 정도 안전하다 할 만하지만 한국으로 치면 국민차다. 그에 비해 성화가 수입 판매권을 가지고 있는 볼렉스는 ‘안전 하면 볼렉스.’라고 할 정도로 안전을 따지는 곳이다. 그런 곳에 이기지 못할 건 당연한 일.

“그렇다고 우리가 자동차 시장에 뛰어들 수는 없고.”

자동차 시장에 뛰어드는 것은 쉬운 일이 아니다. 설사 들어간다고 해도 그곳에서 성공하는 것은 불가능에 가깝다. 모 기업이 결국은 시장에 뛰어들었다가 해외에 매각당하지 않았던가? 심지어 그 기업의 재계 서열은 성화보다 더 높았다.

“그렇다고 국산 차 시장에 뛰어들 수는 없지 않은가?”

“그럴 수는 없습니다. 아니, 애초에 국산 차 시장은 포화 상태입니다. 더 이상의 진입을 허가하지 않을 겁니다. 그리고 그렇게 된다면 재계 1위 기업과 충돌하게 된다는 건데, 성화와 전쟁 중인 지금 그들까지 적으로 만드는 것은…….”

“끄응…….”

맞는 말이다. 그것만큼 어리석은 짓은 없다.

더군다나 그들은 한국 시장의 70% 이상을 점유하고 있다.

과연 그들이 대룡이 진입하려고 하는 걸 구경만 할까?

그럴 리 없다. 그럼 어쩔 수 없이 철수할 수밖에 없다.

"일단은 성화의 수입 차 판매 부문은 그냥 넘어가야 하는 건가?"

"하지만 지금 성화의 자동차 수입 라인은 그들의 주요 소득원 중 하나입니다. 그 부분을 막지 못한다면 이 전쟁은 점점 길어질 겁니다."

"후우."

그렇다면 불리해지는 것은 대룡이다.

싸가지 없기는 하지만 그래도 성화는 젊은 세대가 이어받아서 운영하고 있는 덕분에 오랜 시간 그 지배권이 흔들리지 않는다.

그에 비해 대룡은 성화의 음모로 인해 후계자들이 모조리 죽어 갓 초등학교에 들어간 아이를 유일한 후계자로 두고 있는 상황이다.

'나도 요즘 전 같지 않고.'

후계자들이 살해당한 것을 계기로 다시 경영 일선에 복귀한 유민택이지만 나이가 들어 감을 느끼고 있었다. 전처럼 기민한 판단력을 가지는 것도 힘들고, 몇 번의 실수를 해서 성화에 타격을 줄 만한 기회를 날리기도 했다.

"그런 점에서 생각하면 다른 방식으로 그들을 제압해야 한다고 생각합니다."

남궁 사장의 말에 유민택은 한숨을 쉬었다.

"어떻게 말인가? 아무리 우리라고 해도 수입 라인을 무리하게 바꿔 달라고 할 수는 없네."

현재 대부분의 외제 차들은 성화의 독점 체제로 수입되고 있다. 한국 사람들이 좋아하는 수입 차들 중 대부분이 그런 상황이다. 그 외의 한국인들이 선호하는 차들은 이미 다른 곳들이 수입하고 있어 그것들도 제외한 차량들은 대부분 한국 사람들이 좋아하지 않는 스타일의 차량들뿐이었다.

"회장님."

"응?"

"그 사람에게 부탁하는 게 어떻겠습니까?"

"그 사람?"

유민택은 잠시 반문했지만 남궁한이 말한 사람이 누군지 알 수 있었다.

"노형진 군 말인가?"

"그렇습니다. 그 덕분에 위기에서 벗어난 것도 여러 번이고 감각도 있지 않습니까?"

"끄응…… 그건 그런데."

확실히 노형진은 감각이 있다. 만일 기회가 된다면 억만금을 줘서라도 스카우트해 오고 싶은 인재다

'하지만 그게 될 리 없다는 게 문제지.'

단순히 자산만 가지고 본다면 노형진이 유민택보다 돈이 많다. 그는 전 세계 영화판이나 엔터테인먼트 쪽에서 엄청난 수익을 만들어 내고 있으니 말이다.

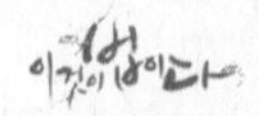

'그러고 보니 인터넷 쪽에 투자해서 엄청난 수익을 내고 있다던가?'

물론 그 자금을 대부분의 기업들에 투자한 형태로 되어 있다는 게 문제이기는 하지만 그거야 주식을 팔면 된다.

게다가 노형진이 투자한 회사는 망하기는커녕 지분과 주식이 엄청나게 뛰었다.

'그렇다고 해서 마냥 그에게 기댈 수는 없는 노릇.'

"회장님, 어차피 이번 사태를 벗어나지 못하면 저들에게 대미지를 줄 만한 그다지 뾰족한 방법이 없습니다. 거의 모든 분야에서 그들과 싸우고 있어 타격을 주기 쉬운 상황이 아닙니다. 저쪽도 엄청나게 경계하고 있고요."

"흠……."

유민택은 한참 침묵을 지켰다. 확실히 성화에 타격을 줄 만한 뾰족한 방법이 있는 게 아니었다.

"할 수 없군. 그동안 진 빚을 갚으라고 하는 수밖에."

그리고 그의 결심은 노형진에게 새로운 고민거리를 안겨 주었다.

"회장님, 어쩐 일로?"

일하던 노형진은 유민택의 전화에 고개를 갸웃했다. 하지만 그다음 말에 아쉽다는 듯 입맛을 다셨다.
"빚을 갚아야 하지 않겠나."
'아, 그렇구나.'
지금까지 알게 모르게 유민택에게 도움을 받으면서 사건을 몇 번 해결했다. 그래서 약간의 심적인 빚이 있는 것도 사실이었다. 유민택은 그걸 갚으라고 요구하는 것이다.
'쉬운 문제는 아니겠군.'
물론 공짜로 일하라는 것은 아닐 것이다. 하지만 그가 맡기는 일이 쉬운 일은 아닐 것이 분명하다.
"일단은 자세한 이야기를 들어 봐야겠지요?"
"그러네. 찾아오게나."
"알겠습니다."
노형진은 전화를 끊고 양복 재킷을 챙기고 바깥으로 나왔다.
사람들이 바삐 움직이며 인사를 건네자 노형진 역시 인사를 건네면서 송정한의 사무실로 들어가 고개를 빼꼼 내밀었다.
"응? 노 변호사, 어쩐 일인가?"
"아, 일이 있어서 나가 봐야 할 것 같아서요."
"일? 그걸 뭐 여기까지 말하러 와?"
"대룡에서 부르네요."
"대룡에서? 끄응……."
대룡에서 부른다는 건 단순히 사건을 맡기겠다는 뜻이 아니다. 그럴 수밖에 없다. 일반적인 사건은 기계적으로 처리

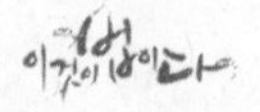

하지, 노형진을 직접 불러들이지는 않는다.

즉, 그를 불렀다는 것 자체가 일반적인 상황은 아니라는 뜻.

"당분간 자네한테 다른 사건은 배당하지 말아야겠군."

"네, 일단 기존에 있던 사건 중에서 어렵지 않은 것도 다른 곳으로 배당해 주시고요."

"그러지."

송정한은 고개를 끄덕거리다가 뭔가 생각난 듯 고개를 들어 노형진을 바라보았다.

"아, 그리고 갈 때 말이야, 손예은 변호사를 데리고 가게나."

"손예은 변호사를요? 하지만 손 변호사는 이런 쪽을 맡기에는 아직 좀 어리지 않나요?"

다른 곳도 아닌 대룡이다. 물론 노형진과 동갑이니 딱히 어리다고 할 수는 없겠지만 일반적인 수준에서 본다면 어린 것이 맞다.

"그렇기는 한데 아무래도 자리를 좀 터 줘야 할 것 같아."

"자리를요? 아아, 알겠습니다."

노형진도 왜 그런지 알 것 같았다.

손예은 변호사는 청계 출신이다. 안 그래도 그런 부분 때문에 알게 모르게 은근히 왕따를 당하는 상황에서 얼마 전에 터진 청계의 범죄 사실이 소문나 더욱더 고립되었다. 물론 그녀가 그곳에 있었던 것은 2년밖에 안 되어 그런 사건들에 대해 아는 바가 전혀 없었지만 말이다.

"그래도 우리 변호사인데 챙겨 줘야지."

"그렇지요."

변호사란 적도, 아군도 없다. 어제 변론해 줬어도 오늘 다른 편으로 만난다면 공격해야 하는 게 바로 변호사다. 어디 출신이라고 무조건 적대적으로 나갈 수는 없다.

'그러고 보니 성관중 변호사도 걱정했지?'

들어온 지 얼마 되지 않았지만 나이가 많은 만큼 사회적으로 많은 것을 경험한 덕분에 그게 나중에 얼마나 문제가 되는지 아는 터라, 전에도 노형진에게 손예은 변호사에 대해 언급하기도 했다.

"자네가 좀 데리고 가게."

"그러지요."

실제로 사건을 맡게 될지는 알 수가 없다. 하지만 최소한 대룡, 그것도 유민택이 직접 맡기는 사건을 해결하는 데에 동행하는 것만으로도 자리를 잡기가 상당히 편해질 것이다. 그곳에는 새론에서도 말 그대로 중요 인물만 가니 말이다.

"알겠습니다."

노형진은 바로 몸을 돌려서 구석에 있는 손예은 변호사의 사무실로 들어갔다.

"손 변호사님?"

"네."

언제나처럼 무심하면서도 차갑게 대답하는 손예은 변호

사. 노형진은 그런 그녀를 보면서 애써 웃었다.

'이거 진짜 찬 바람 부네.'

하긴 주변에서 자신을 왕따시키는 걸 모르는 바가 아닐 테니 가뜩이나 찬 바람이 불던 그녀가 더욱 차가운 사람이 될 수밖에 없는 걸지도 모른다.

"일하러 갑시다."

"사건 중입니다."

"다른 사람에게 넘겨요."

"그럴 사람이 없습니다."

그녀가 처한 상황을 단적으로 표현해 주는 말. 그럴 사람이 없다. 노형진은 결국 직접 나서서 움직여야 했다.

"그렇다면야."

노형진은 그녀가 보고 있던 서류철을 턱 덮고 다른 서류 위에 올린 상태로 집어 든 뒤, 바깥으로 나갔다.

"노 변호사님?"

그런 어이없는 행동에 손예은조차도 기가 막혀 할 정도였다.

"가끔은 이사의 직권을 쓰죠. 후후."

노형진은 명백하게 새론에 투자한 이사다. 직급상으로도 다른 변호사들보다 상급이라는 뜻이다.

그가 서류들을 배당부에 턱 올려놓자 담당 직원이 움찔했다.

"자, 지금부터 손예은 변호사의 사건들을 다른 사람들에게 배당하세요."

"네?"

"저와 손 변호사는 당분간 대룡에서 유 회장님과 함께 움직입니다."

배당부 직원은 고개를 끄덕거렸다. 대룡과 유민택은 새론의 최우선 사항이니까.

"알겠습니다."

확답을 받은 노형진은 깔끔하게 정리되었다는 표정으로 자신을 따라온 손예은을 바라보았다.

"그럼 이제 움직이지요. 뭐합니까? 빨리 가방 들고 오세요. 유 회장님은 모르지만 사건은 우리를 기다려 주지 않습니다. 하하하."

"여자 친구?"

"제가 여자 친구가 있으면 여길 데려오겠습니까?"

노형진의 말에 유민택은 피식 웃었다.

"급하게 일이 있어 불렀다더니, 바쁘시진 않은 모양입니다."

노형진은 유민택이 말하기도 전에 자리에 앉았다. 하지만 손예은은 그럴 수가 없었다. 유민택이 집요한 시선으로 그녀를 바라보고 있었기 때문이다.

"흠……."

"왜 그렇게 바라보십니까? 설마 나이 먹어서 첫사랑이 찾아온 건 아닐 테고."
"자네가 소문의 그 사람이군."
"소문?"
"청계 출신."
손예은의 입꼬리가 묘하게 움직였다. 부정할 수 없는 자신의 과거. 그게 이렇게까지 집요하게 따라다닐 줄 알았더라면 청계에 입사하지 않았을 것이다.
"뭐라고 하는 건 아닐세. 다만 주의는 해야 하니까. 상대는 다름 아닌 성화거든."
"압니다. 하지만 이제는 청계는 사라졌습니다."
"그렇지. 하지만 여전히 청계 출신은 그들과 선이 닿아 있지."
"원하지 않으시다면 전 돌아가겠습니다."
유민택은 노형진을 바라보았다. 그리고 다시 손예은을 바라보았다.
"그럴 필요는 없네. 노 변호사가 그런 것도 모를 리 없으니까."
노형진은 약간 묘한 표정이 되었다.
'내 능력에 대해서 아나?'
그럴 리 없다. 유민택이 자신의 능력을 알 만한 일은 없었다. 같이 움직이는 사람들조차도 모르는데 그가 알 리 없다.
"그러니 앉도록 하게."

"네."

손예은은 화내지도, 그렇다고 슬퍼하거나 웃지도 않고 무덤덤하게 자리에 앉았다. 마치 없었던 일처럼.

"얼음 같은 여자라고 하더니 진짜로군."

"이제는 우리 변호사들 신상도 캐고 다니십니까?"

"일이란 게 그런 걸세."

노형진은 고개를 끄덕거렸다. 유민택은 지난번의 스마트폰의 터치패드 사건 이후에 내부 스파이 색출에 힘쓰기 시작했고 실제로 적지 않은 스파이가 발견되기도 했다. 그러니 어쩌면 저런 행동이 기우가 아닐 수도 있다.

"그래, 어쩐 일로 부르신 겁니까? 다짜고짜 저한테 빚을 갚으라고 하시다니요."

"성화가 새로운 수익 라인을 만들었네. 아니, 정확하게 말하면 전에 있던 수익 라인이 우리의 예상을 깨고 무섭게 성장하고 있다고 말해야겠지."

"새로운 수익 라인요?"

노형진은 고개를 갸웃했다. 요즘 들어 성화가 새로 시작한 사업이 없는 것으로 알고 있었기 때문이다.

'뭐지? 역사가 바뀌었나? 그럴 수도 있지만……. 그렇다 해도 유 회장님이 위협을 느낄 만큼 빠르게 성장할 수 있는 건 거의 없을 텐데?'

노형진이 고민하는 사이 유민택은 몇 가지 서류를 내밀었다.

"이걸세."

"이건 자동차 카탈로그 아닙니까? 설마 성화에서 자동차 시장에 뛰어든 겁니까?"

"아닐세. 잘 보게. 이건 우리나라 차가 아냐."

그러고 보니 거기에 있는 차들은 대부분 수입 차였다.

"이건 수입 차 아닙니까? 설마 저한테 차를 사 주려고 부르신 건 아닐 테고."

"원하면 사 주지. 그러고 보니 자네도 외제 차 타지?"

"제 목숨은 소중하거든요."

"누군들 안 그런가? 그런데 그거 아나? 그거 성화 계열사 일세."

"네?"

노형진은 고개를 갸웃했다. 성화 계열사라는 것은 듣지 못한 소리였기 때문이다.

"정확하게 말하면 감춰진 계열사지."

"감춰진 계열사요?"

"그래, 그래서 회사 이름도 성화가 아닌 일성이라는 이름을 쓰네."

일성자동차.

주로 해외 브랜드 자동차를 수입해서 판매하는 기업.

어지간한 브랜드는 다 취급하고 있을 정도로 그들은 독점이라는 점을 이용하여 막대한 수익을 내고 있었다. 실제로 독일에서 약 1억에 팔리는 차를 한국에서 두 배 이상의 가격에 파는 경우가 허다했다. 아무리 세금이 붙는다지만 말이다.

"흠……."

"자네도 알다시피 지금 수입 차 시장이 급속도로 커지고 있지 않나?"

"그거야 그렇지요."

그의 차만 해도 수입 차다. 그럴 수밖에 없다. 전반적으로 국산 자동차의 안전도가 수입 차보다 떨어지는 것은 사실이니까. 소위 말하는 프리미엄 브랜드들이 과연 허투루 만들까? 그 상황에서 돈을 가진 사람이라면 죽기 싫어서라도 수입 차를 쓰게 된다. 그건 어쩔 수 없는 현실이다.

"그런데 그쪽으로 엄청나게 빠르게 성장하고 있네."

'그러고 보니 그랬지?'

수입 차 시장은 계속해서 커진다. 미래에는 무려 한국 내 수입 차 비율이 20%에 육박하게 된다. 다섯 대 중 한 대는 수입 차인 것이다. 국내 기업 중 점유율이 20%가 안 되는 기업이 있는 걸 생각하면 터무니없는 일이다.

'생각해 보면 웃기네.'

자동차를 가져다가 판다. 그러다 보니 들어가는 돈이 얼마 되지 않아 남는 게 많다. 매년 연식이 바뀐다는 이유로 가격을 올려도 그러려니 한다. 당연히 받아야 하는 A/S도 허술해질 수밖에 없다. 그런데 사람들은 수입 차라는 이유로 그

마저도 인정해 주는 분위기.

'완전 땅 집고 해 먹었네.'

애초에 20%의 시장을 먹었다는 것 자체가 어지간한 자동차 회사보다 수익을 더 많이 냈다는 뜻이다.

'유 회장님이 경계할 만하군.'

유민택은 급성장하는 수입 차 시장을 보면서 빠르게 눈치챈 것이다.

"그래서 부른 걸세."

"그건 제가 막을 수 없는데요. 그들은 정식으로 수입하는 것 아닙니까? 차라리 병행 수입을 해 보시죠."

"안 된다네. 벌써 알아봤네."

병행 수입이란 쉽게 말해 같은 제품을 다른 곳을 통해서도 수입할 수 있도록 해 준다는 것이다. 그렇게 되면 아무래도 경쟁이 붙어서 거품이 꺼지게 된다.

"하지만 독점권을 줬더군."

"끄응……."

노형진은 신음성을 냈다.

"하긴 그럴 수밖에 없죠."

병행 수입을 하면 거품이 꺼지면서 사람들에게 좋게 작용한다. 하지만 프리미엄 브랜드를 추구하는 기업들의 입장에서는 격도 가격과 함께 떨어지는 건 아닌가 하는 생각을 하게 된다. 그러다 보니 어지간한 프리미엄 브랜드는 병행 수입을 잘 허용하지 않는다.

“그럼 다음번에 수출 업체를 할 때 해 보시죠.”

“10년 남았네.”

“멀었군요.”

그때쯤이면 성화는 실적을 바탕으로 밀어붙일 것이다. 그렇다면 아무 실적도 없는 대룡은 성화에 밀릴 수밖에 없다.

“그렇다고 안 팔릴 게 뻔한 차들을 실적을 위해 수입할 수는 없지 않은가?”

“흠…….”

물론 성화가 손대지 않은 브랜드들도 있다. 하지만 거기에는 다 이유가 있다. 바로 주로 가난한 국가의 차들이라는 점이다. 그런 곳들은 아무래도 국산 차보다 안전성이나 기술력이 훨씬 떨어질 수밖에 없다. 아니면 디자인이 국내 시장에 어울리지 않든가.

“그나마 적당한 곳이 사브였다네.”

“사브요?”

“그래.”

“거긴 좀…….”

“역시 그렇지?”

노형진은 사브를 좋은 차로 기억하고 있다. 하지만 결정적으로 디자인이 시장에 먹히지 않았다.

‘그러고 보니 다른 곳에서 수입했다가 철수하지 않았나?’

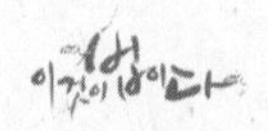

기억에 의하면 판매 부진으로 결국 한국에서 철수했다.

물론 대기업인 대룡에서 수입하면 바뀔 수도 있다. 하지만 기본적으로 디자인이 한국 사람들의 취향에 맞지 않았다는 점을 감안하면 아무리 좋게 생각해도 나중에 타이틀로 내세울 만큼 많이 팔릴 것 같지는 않았다.

"곤란하군요."

"그래, 그래서 자네를 부른 걸세."

"하지만 그건 법적인 문제가 아니잖습니까?"

"언제는 법적인 문제만 해결했나? 의뢰인의 승리를 위해서 뭐든 하는 게 변호사라며?"

"그거야 그렇지만……."

이건 뜬금없어도 너무 뜬금없다. 난데없이 자동차 업계에 진출할 수 있는 방법을 찾으라니.

"일단 생각을 좀 해 보겠습니다만 솔직히 너무 무리한 일입니다."

"그래도 생각 좀 해 보게. 자네가 내게 진 빚도 있지 않나?"

"그거야 그렇지요. 그런데 이건 아무리 봐도 제가 손해인데요?"

말도 안 되는 터무니없는 조건 아닌가? 그에 비해 노형진이 부탁했던 것들은 그다지 어려운 부탁들도 아니었다.

"그럼 그것들로 퉁 치고 내가 빚진 걸로 하지."

"그렇다고 해도……."

노형진이라 해도 무조건 할 수 있는 게 아니었기에 갑갑할 따름이었다.

"이건 좀 더 생각해 봐야겠습니다."

노형진은 심각하게 중얼거렸다.

"흠……."

"아직도 고민 중이십니까?"

"그렇죠. 솔직히 좀 뜬금없는 상황 아닙니까?"

노형진은 고민하면서 말했다.

"제가 무슨 사업가도 아니고."

"그동안 사업 몇 개를 추진하셨잖습니까?"

"그거야 그렇지만……."

하지만 그건 기본적으로 특정 법령안에 그 사업이 필요하다는 걸 판단했거나 성화에게 역습하기 위해서 법을 재해석한 것의 연장일 뿐이었다.

"그리고 그것들은 기본적으로 성화가 법을 위반했으니 가능했던 거고요."

성화의 법률 위반 사실을 공격해서 그 시장을 집어삼킨다. 그게 노형진의 기본적인 전략이었다. 하지만 지난 2주간은 아무리 노력해도 성화의 위반 사실을 찾을 수가 없었다.

'하긴 그 녀석들이 바보도 아니고 말이야.'

아이러니하게도 성화는 대룡과 싸우면서 바른 기업으로 재탄생 중이었다. 물론 일단 보이는 부분에 한해서이긴 하지만 섣불리 약점이 잡히면 노형진과 대룡에게 역습당한다는 사실을 알아차리고는 진짜 중요한 사항이 아니고서야 이전처럼 대놓고 불법을 저지르지는 않았다.

"음……."

노형진은 머리를 긁적거리면서 고민하기 시작했다.

"일단은 사무실로 모셔다 드리죠."

"죄송합니다."

"변호사로서 정당한 임무 수행일 뿐입니다."

노형진은 지금 손예은 변호사의 차를 타고 움직이고 있었다.

"일단은 가는 대로 계약서를 점검해 봅시다. 그럼 어디에선가 약점이 나올지도 모릅니다."

결국 약점을 찾는 것이 계약서상의 계획이었기에 노형진은 계약서를 꼼꼼하게 생각해 볼 생각이었다.

"하지만 계약서는 몇 번이나 확인을……."

손예은이 말하려는 찰나 갑자기 덜컥거리면서 푸시식 소리와 함께 멈추는 차량.

"어?"

손예은이 당황해서 이리저리 핸들을 움직였지만 차는 도무지 움직일 생각을 하지 않았다. 얼음 공주라고 불리는 그

녀가 당황하는 것을 보는 것은 신기한 일이지만 그렇다고 지금 상황을 즐길 수는 없었다.

"야, 이 새끼야! 운전 똑바로 안 해?"

차가 멈추자마자 사방에서 터져 나오는 욕설.

손예은은 애써 시동을 걸어 봤지만 푸르르 소리만 들릴 뿐, 차는 도무지 움직일 생각을 하지 않았다.

"죄송합니다. 차가……."

"아닙니다. 일단은 내려서 확인해야겠네요."

노형진과 손예은이 내리자마자 주변에서 들리는 경적과 욕설.

"이 새끼야! 차를 여기에 두면 어떻게 해!"

"계집 주제에 무슨 운전질이야! 집에서 솥뚜껑 운전이라 하라고!"

사람들의 욕설에 노형진은 얼굴을 찌푸렸다.

'도대체가.'

사람들은 어째서인지 핸들만 잡으면 공격적으로 변하는 성향이 있다. 당연히 차를 이렇게 오래 둘 수는 없는 노릇.

"일단 삼각대부터 세웁시다."

노형진은 차 트렁크에서 삼각대를 가지고 와서는 100미터 후방에 세우고는 자동차의 엔진 룸을 열었다. 하지만 아무리 봐도 알 수 없는 것은 없었다.

"죄송합니다. 바쁘신데."

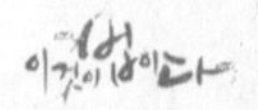

"아닙니다. 어차피 당분간은 대룡의 사건을 담당하는 거니까요."

노형진은 고개를 저으면서 전화기를 들었다.

"일단은 말이죠, 사람을 좀 불러야겠네요."

결국 가장 좋은 방법은 사람을 부르는 것이다.

⚖

"에헤, 이거 완전히 주저앉았는데요?"

수리소에 들어오자마자 차를 살핀 남자는 고개를 흔들었다.

"그 정도입니까?"

"이게 굴러다닌 게 신기할 정도입니다."

그는 혀를 내두르자 손예은의 얼굴이 약간 붉어졌다.

"하긴 오래된 차이기는 하죠."

판타지아 옛날 모델. 못해도 10년은 된 녀석이다.

"죄송합니다, 노 변호사님. 아버지가 모시던 걸 물려받았더니……."

"아닙니다. 다 그런 거죠. 그나저나 수리는 얼마나 걸립니까?"

급하면 자신의 차를 끌면 그만이기에 노형진은 대수롭지 않게 이야기했다. 하지만 다음 말이 노형진뿐만 아니라 손예은도 당황하게 만들었다.

"이거 못 고쳐요."

"네?"

"못 고치다니요?"

"판타지아 모델이 단종된 지가 언제인데요. 이거, 아예 부품이 안 나와요. 그나마 운 좋으면 폐차장에서 하나 건지려나?"

생각지도 못한 말이라, 노형진은 다시 한 번 확인할 수밖에 없었다.

"못 고친다고요?"

"네, 부품이 있어야 하는데 이건 부품이 아예 단종되었거든요. 뭐, 고치고 싶다면 직접 폐차장에 뛰어다니면서 판타지아 부품을 찾으셔야 할 거예요. 그런데 없을걸요. 이 녀석이 단종된 데에는 다 이유가 있는지라."

판타지아는 나름 잘 나온 차이기는 하지만 그 당시 디자인이 사람들에게 먹히는 디자인이 아니었다. 각진 걸 좋아하는 시대에 유럽 감성을 도입했으니 말이다.

결과적으로 타종에 비해 판매량이 적어 일찌감치 단종된 것이다.

"부품도 팔린 게 많아야 어떻게든 구하든 하지. 이런 소수 판매 라인은 부품 자체가 없어서."

노형진은 안타까운 얼굴이 되었다. 손예은은 약간 아쉽다는 듯이 차를 바라보고는 바로 말을 꺼냈다.

"그럼 폐차시켜 주세요."

"그래야지요."

"손 변호사, 그래도 되겠어요? 그래도 아버지가 물려주신 건데."

"상관없습니다. 어차피 바꿀 생각이었는데."

"그래도 소중한 것일 텐데……."

손예은은 노형진을 물끄러미 바라보더니 그가 착각하는 것을 바로잡아 주었다.

"노 변호사님."

"네?"

"아버지한테 물려받았다고 했지, 유품이라고 안 했습니다."

"쿨럭."

"아버님은 정정하십니다."

그녀의 말에 노형진은 어색하게 웃을 수밖에 없었다.

"하하하하."

⚖

며칠 뒤 노형진은 주차장으로 내려가다가 새로운 차를 보고 빙긋 웃었다. 손님 라인이 아닌 직원 라인에 주차된 차량. 그동안 보지 못했던 차다.

노형진은 뒤따라 나오던 손예은을 보며 미소를 지었다.

"새로 사셨군요."

"네, 중고로 한 대 샀습니다."

"새 걸로 사시지요?"

"전 아직 멀었습니다."

솔직히 변호사쯤 되면 새로 하나 사도 된다. 하지만 손예은은 새 걸 사고 싶은 생각이 없었는지 중고로 구입했다.

"그럼 오늘은 손 변호사님의 차를 타고 갈까요?"

"노 변호사님의 차가 아니고요?"

"그래도 시승해 봐야지요."

손예은은 무심하게 고개를 끄덕거렸다. 하긴 대룡에 가는데 차의 종류가 무슨 상관이 있겠는가?

"그럼 타십시오."

"잘 부탁드립니다."

"네."

노형진이 조수석에 앉자 손예은은 운전석에 앉아 시동을 걸었다. 그때 노형진은 문득 자신도 모르게 눈을 찡그렸다.

"손 변호사님."

"네?"

"이거, 얼마 주셨습니까?"

"1,800만 원 줬습니다. 무사고 차량이라고 다른 것보다 비싸더군요."

"무사고 차량요?"

노형진은 얼굴을 찌푸렸다. 물론 무사고일 수도 있다. 그 사고라는 것을 어떻게 받아들이느냐에 따라서 말이다.

"노 변호사."

"네?"

"무슨 냄새 안 납니까?"

"냄새라……. 좀 오래 세워 놔서 그렇다고 하던데요?"

"그럴 리가요."

노형진은 퀴퀴한 냄새가 나는 차량을 보며 얼굴을 찌푸렸다.

"일단은 갔다 와서 이야기합시다. 이거참, 별 병신 같은 새끼들이 다 있네."

일이 다급했기에 노형진은 꾹 참는 수밖에 없었다.

⚖

"이거 침수 차인데요?"

"침수 차요?"

노형진은 대룡에서의 일이 끝나자마자 바로 손예은과 함께 정비소로 갔다. 그런데 그곳의 정비사가 당황스러운 말을 했다.

"침수 차라니요?"

"말 그대로 차가 한번 물에 잠긴 거예요. 보아하니 지난번 홍수 때 물에 잠겼던 것 같은데."

"사고 차량이 아니라고 하던데."

"글쎄요. 제가 판 게 아니니."

노형진은 듣자마자 알 수 있었다. 손예은이 속았다는 사실을 말이다.

'이게 참 문제라 말이지.'

여자들은 차에 대해 잘 모른다. 그러다 보니 딜러 중 질이 좋지 않은 녀석들이 여자들을 속이는 경우가 많다.

"똑똑한 것과 현명한 건 다르니까."

손예은이 변호사로서 합격할 만큼 똑똑할지는 모르겠지만 그들이 수십 년 동안 사기를 쳐 온 실력이 모자란 것도 아니다.

"속으신 겁니다."

"속다니."

손예은은 기가 막혔다. 변호사한테 사기를 치다니.

"세상은 넓고 도둑놈은 많지요."

노형진은 차를 바라본 뒤, 한숨을 푹 쉬었다.

"일단 그럼 환불해야겠군요."

"그래야겠네요."

속았다는 사실에 어이가 없었던 손예은은 화난 듯한 목소리로 말했다.

'하지만 그렇게 쉽게 될 것 같지는 않은데 말이지.'

노형진은 차를 보면서 중얼거렸다.

"아, 몰라."

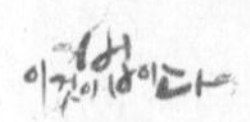

아니나 다를까, 딜러는 노형진과 손예은이 오자 배 째라는 식으로 나왔다.

"난 고지했다고."

"언제요! 무사고라고 했잖아요!"

"그러니까 무사고야! 잠깐 물에 잠긴 건 사고가 아니지. 말 그대로 추돌이 있어야 사고지."

"그건 궤변입니다!"

"궤변이 아니라 이 바닥의 룰이야. 난 모르니까 가지고 가! 환불 못 해 줘!"

딱 잡아떼는 딜러를 보면서 노형진은 한숨을 쉬었다.

'이럴 줄 알았다.'

우리나라의 3대 팔이들. 용팔이, 폰팔이, 차팔이.

모든 판매자들이 그러는 것은 아니지만 일부 질 나쁜 놈들이 이런 시장을 교란하고 그렇게 욕먹게 만들고 있었다.

용팔이는 용산 전자 상가에서 구매하는 사람들에게 바가지를 씌우는 녀석을 일컫는 말이다. 폰팔이는 말 그대로 핸드폰을 사는 사람에게 바가지를 씌우는 녀석들을, 차팔이는 질 나쁜 중고차를 속여 파는 딜러들을 뜻한다.

"이건 계약 위반입니다!"

"아, 몰라! 왜 계약 위반이야! 난 다 설명해 줬다고! 자기가 기억 못 한다고 내게 뭐라고 하면 안 되지!"

"증거 있습니까?"

"그렇다면 당신이야말로 나한테 설명 못 들었다는 증거 있어?"

"……."

"하여간 요즘 계집애들이 문제야. 자기들이 들어 놓고 나중에 말을 바꾸면 어쩌자는 거야?"

노형진은 가능하면 뒤에 물러나서 말로 하려 했다. 하지만 보아하니 상대방은 이런 일이 한두 번 겪는 게 아닌지 아주 능숙하게 손예은을 몰아붙이고 있었다.

'그렇지. 한두 번 해 본 게 아니겠지.'

아마 이런 사건에 대해서는 어지간한 변호사보다 더 경험이 많은 게 저런 인간들일 것이다. 그러니 과연 환불해 줄까? 해 줄 리 없다.

"당장 점검 기록을 가지고 가서 소송하겠습니다."

"거참, 하셔. 내가 무서워할 줄 알아? 소송하면 다 해결되는 줄 아나? 이래서 계집애들이란."

그 딜러의 망발이 더욱 심해지자 노형진은 고개를 흔들었다.

'결국 내가 나서야겠네.'

애초에 손예은이 회사 근처가 아닌 인천까지 온 것에는 다 이유가 있다. 다름 아닌 허위 매물 때문이다.

허위 매물이란 존재하지 않는 상품을 판다고 손님을 유인하고 난 후 그걸 보러 온 손님에게 다른 차량을 파는 속임수다. 그리고 손예은은 그 방법에 속은 것이다.

'애초에 질이 좋지 않은 녀석이고 말이야.'

허위 매물을 올린다는 것 자체가 당연히 질이 좋지 않은 녀석이라는 뜻이다. 물론 오면 간이고 쓸개고 다 빼 줄 것처럼 굴지만 한번 팔고 나면 그냥 끝이다.

"아, 몰라! 법대로 해!"

그는 이길 수 있다는 생각이 들었는지 고개를 빳빳하게 들었다. 노형진은 그런 그를 보다가 피식 웃었다.

"그래요?"

"그래, 법대로 해."

"우리가 변호사라는 사실은 아실 텐데요?"

"그래서 뭐? 어쩌라고? 자기들이 필요할 때만 법 찾는 새끼들이 무서울 줄 알아?"

노형진은 그들을 보면서 고개를 절레절레 흔들었다.

"말로 해서는 안 되겠네요."

그렇게 말한 노형진은 손예은을 데리고 바깥으로 나왔다.

"죄송합니다. 제가 어리숙해서 노 변호사님에게 민폐를 끼치네요."

손예은은 애써 진정하려고 하는 모습을 보였지만 누가 봐도 화나 있는 듯했다.

"뭐, 가끔은 감정을 표현하는 것도 나쁘지 않습니다, 손 변호사."

그러면서 노형진은 딜러가 있는 가게를 바라보았다.

"뭐, 저쪽에서 바라니 법대로 해야지요."

⚖

"야, 차 안 사?"

며칠 뒤 그 딜러는 이번에 낚은 새로운 손님을 즐거운 마음으로 위협하고 있었다.

"하지만…… 전 돈이 800만 원밖에……."

"그래서 도와주는 거잖아. 여기에 사인만 하면 2천만 원이나 대출해 준다잖아!"

"하지만…… 이자가 무려 24%잖아요."

"그래서 싫어? 내가 좋은 차를 싸게 준다니까 콱! 이 새끼를 그냥!"

"히익."

새로 온 손님은 부들부들 떨고 있었다.

그럴 수밖에 없다. 좋은 차를 보여 준다고 하더니 한적한 곳으로 끌고 와서 다짜고짜 대출 서류에 도장을 찍으라며 협박하기 시작했던 것이다. 게다가 뒤따라온 봉고에서 내린 여러 명의 남자들도 그를 에워싸고 협박하자 그는 공포에 떨 수밖에 없었다.

"여기서 묻힐래, 아니면 사인할래?"

"하지만……."

“너 젊잖아. 그냥 일해서 갚아. 얌마, 차가 좋아야 여자도 꼬이고 좋은 일도 생기는 거야. 어차피 벌어서 갚으면 되는 걸 뭘 그렇게 고민해?”

“…….”

“내가 공짜로 달랬어? 좋은 차 준다니까.”

“너무 비싸요…….”

“뭐? 비싸? 이 새끼가 누굴 사기꾼으로 아나!”

“형님을 사기꾼 취급하네? 와, 이거 열 받네.”

뒤에 있던 남자가 자신의 문신을 드러냈다. 결국 차를 보러 온 남자는 고개를 푹 숙였다.

“사…… 살게요.”

“그래, 그래야지. 여기에 사인해. 차는 모레에 받으러 오고.”

“모레요?”

“그래, 준비는 해 놔야 할 거 아냐!”

“네…… 네…….”

“짜식, 싸게 판다고 할 때 ‘감사합니다.’ 하고 살 것이지.”

딜러가 다른 사람들과 함께 차를 타고 사라졌다.

그러자 남은 사람은 잠시 그들이 사라진 방향을 바라보다가 자리를 털고 일어나 어디론가 향했다. 그리고 거기에 기다리던 자동차에 올라탔다.

“계약했습니다.”

“이걸로 스물두 명째군요.”

노형진은 미소를 지으면서 계약서를 받았다.

"수고하셨습니다."

"별말씀을요. 저야 이 정도 일을 하고 그런 돈을 받아서 미안할 지경인데요."

그는 그렇게 말하면서 미소를 지어 보였다. 아까와는 전혀 다른 모습.

"그나저나 질이 진짜 안 좋은 녀석들이네요."

"네."

손예은이 당한 건 아무것도 아닐 정도로 그 녀석들은 질이 좋지 못했다. 허위 매물을 파는 건 기본이고 차를 사러 온 사람을 협박하거나 차를 팔러 온 사람에게서 거의 반강제로 차를 빼앗기까지 했다.

"일단 나중에 증언 좀 잘해 주십시오."

"뭐, 증언이랄 게 있나요."

그는 자신의 품에서 녹음기와 작은 카메라를 꺼내 노형진에게 건넸다.

"부디 일이 잘되기를 빌겠습니다."

"그럼 좋지요."

그가 가자 조수석에 있던 손예은이 물끄러미 노형진을 바라보았다.

"왜 신고하지 않지요?"

사기당한 것을 알았다면 신고하고 환불받으면 그만이다.

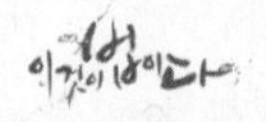

그런데 노형진은 자신의 돈을 들여 가면서 다른 사람들에게 여러 대의 차를 구입하게 만들고 있었다.

"그래야 하니까요."

"그래야 하다니요?"

"말 그대로 그래야 합니다. 저들이 이 짓을 하는 게 한두 번이 아닐 겁니다. 그리고 그 녀석들이 자신 있는 거 보셨지요? 과연 이 지역 경찰이 그걸 모를까요?"

"음……."

모를 수가 없다. 소위 차팔이라고 하는 이런 질 나쁜 딜러들의 행위는 벌써 수십 년째 이어지고 있다. 더군다나 이 지역은 그런 일로 소문나서 어지간히 바보 아닌 이상에야 여기로 오지 않는다.

"심지어 동일한 딜러들조차 이 지역 출신 딜러들은 사람 취급도 못 받습니다."

그런 식으로 가지고 간 차를 이쪽에서 비싸게 팔아먹는 게 워낙 심하다 보니 몇몇 지역 딜러들이 내부 규칙을 통해 이 지역 딜러들과의 거래를 막아 버리는 지경에 이르렀다.

"그럼에도 이곳이 이렇게 클 수 있는 건 결과적으로 지역 경찰의 비호가 있다는 뜻이죠. 그건 첫날에 겪으셨잖습니까?"

"음……."

지역 경찰의 비호가 없다면 그들은 그렇게 당당하게 노형진과 손예은에게 막 대할 수는 없었을 것이다.

"그리고 정비 공장에서도 이야기를 들으셨잖습니까?"

"그건 그렇지요."

이 지역 정비 공장에 갔더니 침수 차인 걸 확인하긴 했지만 그 증명서는 내줄 수가 없다고 했다. 이 지역 딜러들과 척져 봐야 좋을 게 없다면서 말이다.

"그러니까 이대로 우리가 고발해 봐야 중간에서 무마해 버릴 겁니다. 물론 우리는 변호사이고 백도 있으니 돈은 환불받을 수 있겠지요. 하지만 저 녀석들은 앞으로도 똑같은 짓을 계속할 겁니다."

"그런가요?"

"네, 그리고 저들이 우리를 건드리고도 빠져나가는 꼴을 두고 볼 만큼 제 성격이 좋지 못해서요."

물론 귀찮으니 쉽게 갈 수도 있다. 하지만 귀찮다고 모든 것을 피할 수는 없다.

'더군다나 뭔가 잡힐 것 같단 말이지.'

이번 사건을 접하면서 노형진은 계획이 구체화될 것 같다는 생각이 자꾸 들었다. 물론 그렇다고 해서 뭔가 확 생각나는 것은 아니지만 말이다.

"그러니까 말이죠, 저들을 잡는 걸 우선하다 보면 다른 길이 생길지도 모르겠습니다."

"다른 길이라……."

"네."

노형진은 그렇게 말하면서 중고차 딜러 시장을 바라보았다.

"그리고 이제 마무지 지을 시간이기도 하구요."

노형진은 저들에게 정의의 처벌을 내려 줄 생각이었다.

⚖

"이게 뭐야?"

며칠 뒤, 자동차 딜러들은 난리가 났다.

법원에서 사람들이 와서는 그들의 차량에 딱지를 붙여 버렸기 때문이다.

"뭐긴요. 압류 딱지지."

압류 딱지를 붙이는 것을 확인하던 노형진은 당황하는 딜러들을 보면서 미소를 지었다.

"뭐?"

"당신들이 한 협박 및 강매에 대한 손해배상이 들어갔습니다. 그리고 그 건에 대해서 손해배상비를 확인하기 위해 압류하죠."

"뭐라고? 이 새끼가 정말!"

딜러는 당장 달려가 노형진을 패려고 했다. 하지만 그다음 순간 그의 눈앞으로 스치고 지나간 3단 봉에 멈출 수밖에 없었다.

"아깝네. 조금만 더 다가왔으면 그 대갈통에 빵구가 났을 텐데.”

눈앞에 있는 사람들은 누가 봐도 경호원이었다. 그런데 그들은 자신들과 비교할 수 없을 정도로 찐득한 살기를 풍기고 있었다.

‘씨발…… 저 새끼들은 진짜다.’

자신들처럼 겁주고 뭔가 팔아먹는 정도가 아닌, 진짜로 사고를 친 적이 있는 자들이 풍기는 찐득한 살기.

“왜요? 다른 사람들처럼 말로 안 되면 주먹으로 하시려고요?”

“…….”

“헛짓거리 하지 마세요.”

노형진은 그들에 대해 다 알아보고 온 상태였다. 조폭처럼 굴지만 사실 생양아치였다.

“아, 그리고 말입니다, 소개시켜 드릴 분이 있는데요.”

“소개?”

노형진은 그들의 의문이 풀릴 수 있도록 옆으로 비켜났다. 그러자 그 사람은 자신의 뿔테 안경을 만지작거리면서 앞으로 나왔다.

“반갑습니다. 기한캐피탈의 차전문 과장입니다.”

“기한캐피탈?”

그들은 고개를 갸웃했다. 자신들과 거래하는 캐피탈. 그러니까 돈을 빌리는 곳이 바로 기한캐피탈이기 때문이다. 그렇지만 차전문 과장이라는 사람은 본 적이 없었다.

"제가 소개해 드리고자 하는 건……."

노형진은 그들에게 사형선고를 내리기 시작했다.

"이분이 지금부터 여러분들에 대한 추심을 실시할 것이기 때문입니다."

"뭐라고?"

"뭔 개소리야!"

"헛소리하지 마!"

그들은 노형진이 말하는 걸 막으려 했다. 하지만 그런다고 해서 이미 벌어진 일을 막을 수 있는 것은 아니었다.

"그리고 애석하게도 전에 거래하던 분은 범죄 혐의로 해직당하셨으니까 그동안 쌓아 올린 인맥은 소용없을 겁니다."

"무슨 소리야!"

"말 그대로 규정대로 하겠다는 거죠. 당신들이 좋아하는 법대로."

사람들은 사색이 되었다. 그럴 수밖에 없는 게 이런 자동차 딜러들은 부자들이 아니라서 작게는 수백만 원, 비싸게는 수천만 원이나 하는 차를 수십 대씩 살 수가 없기 때문이다. 당장 한 대당 1천만 원인 차 스무 대만 해도 2억인데 그런 걸 가지고 있는 사람이 딜러를 하겠는가?

그래서 딜러들이 쓰는 방법이 소위 말하는 문어발 확장식이다. 차 한 대를 구입한 뒤 그걸 담보로 해 돈을 빌려 다른 차를 구입하는 것이다.

“일단은 첫 번째 압류 차량을 경매에 부치겠습니다.”

“경매?”

“네.”

“자, 잠깐만…… 그건 아니지. 우리가 해 준 게 얼만데…….”

“불법행위와 폭행을 말입니까?”

차전문은 자신의 뿔테 안경을 올리면서 무섭게 노려보았다.

“그 때문에 우리가 막대한 피해를 입고 있지요.”

대출해 주기는 했지만 이건 피할 수 없는 범죄로 인해 강제로 빌려준 돈들이다. 결과적으로 돈을 빌려준 기업은 돈도 돌려받지 못하게 되었다. 협박을 통해 빌려준 돈은 소송을 하면 이자는 받지 못하고 원금만 받아야 한다. 그나마도 그 안에서 소송비와 손해배상비까지 까고 돌려받아야 하니 이자로 이익을 창출하는 캐피탈 같은 제3 금융권은 심각하게 손해를 입게 된다.

“그리고 그 돈은 당신들이 가지고 갔고 말입니다.”

“그거야…… 이미 다른 차 사는 데에 썼다고!”

“그러니까 우리가 우리 수익을 보전해야지요.”

방법은 간단하다. 그들이 담보로 가지고 있는 차량들을 경매에 부치는 것이다. 문제는 경매가 일반적으로 판매하는 것보다 훨씬 싸다는 것. 게다가 일반적으로 1회 이상 유찰되어 훨씬 싸진다.

“더 큰 문제는 말입니다, 그렇게 되면 담보가 없어진다는 거죠."

그 차를 담보로 했던 돈을 받기 위해 그 차를 팔면 다른 빚이 또 남게 된다. 이른바 문어발식의 확장의 문제. 그건 빠르게 수를 늘릴 수는 있지만 아차 해서 중간에 뭔가 잘못되면 역순으로 하나씩 도산한다는 것이다.

"그래서 이번에 귀사에서 가진 차량 전부를 경매 처리하기로 했습니다."

"웃기는 소리 하지 마! 그게 어떤 차인데! 우리가 어떻게 벌은 돈인데!"

딜러들은 기겁했다. 만일 그들이 경매로 차를 판다고 하면 자신들은 아무런 힘도 쓰지 못한다. 그대로 당하는 수밖에 없다.

"그러니까 마음을 곱게 썼어야지."

사실 강매하거나 허위 매물로 거짓말하지 않았다면 이렇게까지 문제가 되지는 않았을 것이다. 하지만 모든 거래들이 무효화된 만큼 그들은 돈을 물어 줘야 하는데 그게 가능한 사람이 단 한 명도 없었다.

"법대로 하는 거 좋아하셨잖습니까? 법대로 하겠습니다."

노형진의 사악한 미소가 그들을 절망으로 빠트렸다.

"휑하네요."

손예은은 텅 비어 버린 딜러 주차장을 바라보면서 중얼거렸다.

"그렇지요."

차량의 압류가 결정되면 그 차들을 다른 곳으로 끌고 가서 보관한다. 빼앗기는 녀석들이 워낙 많이 파손시키기 때문이다. 그러다 보니 족히 백 대가 넘는 차들이 끌려가 주차장은 휑 소리가 날 정도로 비어 있었다.

"그래도 남은 곳이 있네요?"

"저들은 정상적인 곳이죠."

모든 딜러들이 저런 생양아치들인 건 아니다. 당연히 정상적인 딜러들은 문제가 될 것이 없다.

"아마 이 사건으로 당분간 허위 매물을 판매하는 짓은 못할 겁니다. 최소한 이곳에서는 말이지요."

물론 그 시간은 잠깐뿐일 것이다. 하지만 최소한 그것만으로 노형진이 할 것은 다 했다.

"그리고 그 덕분에 길을 찾았지요."

"길을요?"

"네."

손예은은 고개를 갸웃했다. 지금까지 노형진과 함께 움직였지만 길을 찾은 적은 한 번도 없었다. 그런데 길을 찾았다니?

"그래서 저들에게 감사의 의미로 조금 도와줬습니다. 저들 덕분에 길을 찾았으니까요. 뭐, 그래 봤자 도움은 얼마 안 되겠지만.”

“도와주다니요?”

하지만 그다음 순간 손예은은 날아오는 차 키를 엉겁결에 받았다.

“그건?”

“선택하셨던 차종과 똑같은 녀석입니다. 이번에는 진짜 무사고로 하나 골라 놨습니다. 저쪽에 있으니 가지고 가시면 됩니다.”

“네?”

“어차피 차를 사실 거 아닙니까? 그러니까 좋은 녀석으로 골라 놨습니다. 전에 속아서 샀던 차와 바꾸는 조건이니까 부담을 가지실 필요는 없습니다.”

“아!”

도와줬다는 건 경매로 부치는 대신 정식으로 제대로 된 녀석을 인수받았다는 뜻이다. 그러니 도움이 되어 봤자 200만 원 정도일 것이다. 그러나 그건 저들이 캐피탈에 지고 있는 빚을 갚기에는 터무니없이 부족한 돈이었다.

“자, 그럼 길을 찾았으니.”

노형진은 손예은을 차 쪽으로 밀면서 재촉했다.

“이제 일하러 가 볼까요?”

수입 차는 거기 가면 국산 차

"뭐라고?"

유민택은 노형진의 말에 자신의 귀를 의심했다.

"자동차 사업에 진출하는 겁니다."

"그게 말이 되나? 전에도 말했다시피 우리나라는 자동차 산업이 포화 상태일세."

있는 기업도 안 팔려서 난리인데 새론이 자동차 산업에 진출하는 것은 무리가 있다.

"압니다. 그러니까 성화처럼 편법을 쓰는 거죠."

"나도 알지. 하지만 이미 쓸 만한 건 새론이 모조리 점유하고 있다니까."

새론이 한국에 들어오는 브랜드 중 잘 팔리는 것은 모조리

선점한 상태. 그러니 아무리 대룡이라고 할지라도 없는 차를 만들어 팔 수는 없었다.

"압니다. 하지만 이번에 손예은 변호사와 함께 다니면서 우리나라 자동차 산업 구조에 대해 좀 배웠습니다."

"그런데?"

"그런데 우리가 생각하지 못한 부분이 있더군요."

유민택은 그 말을 이해하지 못해 멍하니 노형진을 바라보았다.

"우리나라 수입 자동차의 수익 구조를 아십니까?"

"당연히 차를 팔아서 나오는 거 아닌가?"

당연한 거다. 수입해 온 차를 팔아 수익을 낸다. 그게 기본적인 방식이다.

"맞습니다. 하지만 다른 방식이 하나 더 있습니다. 아니, 사실 다른 방식이 수익 면에서는 자동차를 파는 것보다는 훨씬 좋습니다."

"좋다고? 그런 게 있어?"

아무리 생각해도 생각나는 게 없었다.

"부품입니다."

"부품?"

"네."

"그게 왜 수익 구조인가? 말이 안 되는데?"

"그건 유 회장님과 성화의 접근 방식이 다르기 때문입니다. 그래서 회장님은 그걸 이해하지 못하시는 거구요."

"설명해 주게."

"쉽게 말해 부품은 산업용품입니다."

노형진은 그를 위해 생각한 것을 설명하기 시작했다.

자동차는 사치품이다. 그래서 들여올 때 엄청난 관세가 붙는다. 특히 우리나라 사람들이 좋아하는 프리미엄 브랜드들은 대부분 해외보다 심한 경우 두 배 가까이 비싸다. 그럴 수밖에 없다. 사치품에 속해서 세금이 비싼 데다가 성화에서 터무니없는 수익을 붙이니까.

"그리고 그 후에 자동차가 고장이 나면 당연히 수리하죠. 문제는 그 수리비 역시 터무니없다는 겁니다."

문짝 하나에 1천만 원, 범퍼 하나에 800만 원 같은 식이다. 그러다 보니 사람들은 일단 외제 차라고 하면 피하게 되고 도로 위의 깡패라고 할 정도로 부담을 가지게 된다. 오죽하면 외제 차들 때문에 보상 한도를 1억에서 2억 이상으로 올리겠는가?

"흠……."

"문제는 말이죠, 부품은 사치품이 아니라는 거예요."

"응?"

"부품은 산업용에 들어갑니다. 쉽게 말해 세율이 완성된 자동차에 비해 무척이나 낮다는 거죠."

"아, 뭔 뜻인지 알겠네."

그럼에도 불구하고 그렇게 터무니없는 가격을 부르는 건

다름 아닌 성화다. 수입 차라는 이유로 무조건 비싼 가격을 부르는 것이다.

공임도 문제다. 다른 국산 차들은 공임이 20만 원에서 비싸야 30만 원 수준. 대형 사고가 나야 100만 원을 넘긴다. 그런데 단지 수입 차라는 이유만으로 성화의 공임은 무조건 80만 원부터 시작된다.

"물론 차량마다 특징이 있으니 외제 차의 기술을 알고 있는 사람의 공임은 비싸야 정상입니다. 하지만 단순 교체까지 그럴 필요는 없죠."

가령 외제 차의 엔진이나 브레이크 등 안전과 관련된 부분은 그 기술에 대해 알고 있어야 하니 비싼 게 인정된다. 하지만 단순히 엔진오일 교환, 또는 단순 에이컨 냉매 충전 같은 건 다를 이유도 없고 다르지도 않다. 그럼에도 불구하고 성화는 일단 공임을 비싸게 부른다.

"결과적으로 똑같은 엔진오일을 쓰는 국산 차의 교환비는 8만 원인 반면 외제 차의 교환비는 80만 원을 넘죠."

"그러니까 자네는 부품을 수입하면 된다는 거군."

"네, 최소한 성화의 절반, 아니 그 이상의 수익을 빼앗을 수 있을 겁니다."

"좋은 생각이기는 하지만……."

유민택은 잠시 침묵을 지켰다.

부품을 수입해 온다. 그건 좋은 생각이기는 하다. 하지만 거기에는 두 가지 문제가 있다.

"일단 두 가지 문제가 있네. 하나는 회사에서 우리한테 부품을 주겠냐는 거야. 독점 계약이 되어 있지 않나? 독점 계약이 되어 있다면 우리가 가지고 올 방법은 없어 보이네만."

우리나라 사람들이 가장 좋아하는 차는 단연 독일 차다. 튼튼하고 안정적이며 또한 뛰어난 기술력을 자랑하기 때문이다.

"알아봐야겠지만 모든 곳에서 다 주지는 않을 거야."

회사가 여러 곳이니 주는 곳도 있겠지만 주지 않으려 하는 곳도 있을 것이다.

"그리고 명분이 없지 않나?"

일단 자신들은 수입해서 팔지 못한다. 독점권이 성화에 있기 때문이다. 그런 상황에서 자신들이 A/S를 위해서 부품을 팔라고 하면 주지 않을 게 뻔했다.

"그래서 제가 자동차 산업에 진출하라고 말씀드린 겁니다."

"무슨 소리인가, 아까부터?"

유민택은 고개를 갸웃했고 노형진은 옆에 있던 손예은 변호사를 바라보았다.

"손 변호사가 얼마 전에 차를 한 대 샀습니다. 국산 차죠."

"그런데?"

"그런데 어차피 수입 차도 현지에서는 국산 차 아닙니까?"

"그거야 그렇지."

"그거 아십니까, 우리나라에서 중고차를 모아서 동남아로 수출하는 거?"

"그거야 알지. 얼마 전에 그것 때문에 말이 많았잖나."

새 차를 사서 바로 수출해 버리는 놈들이 많아지자 기업에서 아무런 이유도 없이 차량 구매자에게 차를 주지 않는 일이 벌어졌다. 그걸 해외에 판다는 말도 안 된다는 이유로 말이다.

"그런데 독일이라고 그러지 말라는 법 있습니까?"

"당연히 없겠지. 그런 게 있을 리 없……."

말을 하던 유민택은 입을 다물었다. 머릿속에 노형진이 생각하는 계획이 뭔지 스치고 지나갔기 때문이다.

"그렇군……. 거기서는 수입 차가 국산 차지."

"그렇지요."

"하하하! 내가 왜 그 생각을 못 했지?"

"뭐, 일반적으로 생각하는 건 아니지요."

거기에 가면 국산 차. 이게 무슨 뜻이냐 하면 우리나라에서는 고가의 수입 차이지만 거기는 어디서나 흔하게 볼 수 있는 국산이라는 뜻이다. 이를 반대로 말하면 엄청난 양의 중고차들이 있다는 뜻이기도 하다.

"중고 차량을 수입해서 파는 건 불법이 아닙니다."

"그렇지!"

우리나라에서 중고차를 모아서 다른 나라에 팔듯이 다른 나라에서 중고차를 모아서 우리나라에 파는 것은 불법이 아니다.

"더군다나 그건 중고차니까 아무래도 관세가 약하지요."

일단 수입이기는 하지만 중고다. 즉, 사치품에 들어가지 않게 된다. 그렇게 되면 가치가 떨어진다. 당연히 세금도 적게 된다.

"그리고 우리가 그렇게 중고차를 수입해서 팔게 되면 우리가 A/S를 위해서 부품을 수입할 자격이 되는 거죠."

"그렇지. 그쪽에서는 손해 보는 게 없으니까."

도리어 이쪽에서 자신들의 시장이 커지는 것을 환영할 것이다.

"그리고 말입니다, 해외에서는 딱히 정품을 안 써도 됩니다."

"뭐?"

"우리나라에서는 차량용품 중 소모품을 무조건 정품을 써야 한다고 마구 겁주지만 말입니다. 해외에서는 정품이 아니더라도 기술력이 인정된 기업의 부품은 사용할 수 있도록 되어 있습니다."

"그래?"

"네."

그렇다면 그걸 수입하면 부품의 가격이 더욱 싸진다는 소리다.

"그리고 부품 역시 중고가 있지요. 그쪽에서는 국산 차인 만큼 폐차되는 양도 어마어마할 테니까요. 그걸 수입한다면 지금 수입 차를 쓰다가 부품이 없어서 못 쓰는 사람들에게 기회를 줄 수 있을 겁니다."

"좋은 생각이군."

그렇게 하면 실적을 쌓을 수 있으니 나중에 해외 자동차 기업에 그 실적을 들이밀어서 성화의 독점권을 가지고 오거나 병행 수입할 수도 있다. 그럼 싼 가격으로 공급할 수 있는 자신들이 훨씬 유리할 것은 당연한 일.

"도대체 그걸 어떻게 생각한 건가?"

"뭐, 우연이죠."

손예은의 자동차가 고장 났을 때 부품의 시장성에 대해서 알았고 중고차 시장에 한 방 먹으려고 준비할 때 그쪽 시장에 대해 공부했다. 그리고 그 두 개의 시스템이 완성되니 자연스럽게 하나의 작전이 나온 것이다.

"중고차는 엄청납니다. 수많은 차들이 있지요. 그리고 결정적으로 국내에 들어와서 비싼 가격에 팔린 후에 다시 중고가 된 게 아니라 그쪽에서 현지 가격에 팔린 후에 중고가 된 걸 사는 거니까 결과적으로 성화에서 나온 차들에 비해 무척이나 싼 가격이 될 겁니다."

가령 성화에서 1억짜리 차를 판다고 치면 국내에서 그걸 중고로 사려면 못해도 7천만 원은 되어야 한다. 하지만 본국에서는 그게 아니다. 원래 가격이 6천 정도 될 텐데 그걸 중고로 구입한다고 하면 4천 정도 될 것이다. 결과적으로 똑같이 나온 똑같은 연식의 똑같은 성능의 차량이 성화 출신의 차는 7천인데 대룡의 차는 4천에서 5천 사이.

"그렇게 되면 성화는 부품 수입은 확 줄어들 겁니다."

사실 성화의 주요 수익원은 차량 판매가 아닌 부품이다. 그것도 무려 60% 이상의 수입을 부품에서 얻는 상황이다. 그런데 대룡에서 부품을 수입하면서 수리하게 된다면 사람들이 비싼 성화로 갈 리는 없으니 결과적으로 차량 판매 쪽 수익만 남게 된다.

"그리고 싸고 믿을 만한 중고차가 있으면 일부 차량 판매도 우리 쪽에 넘어오겠지요."

그럼 성화의 예상 수입은 30% 미만으로 떨어진다. 그 정도면 일반적으로 기업을 운영할 수 없는 수준이다. 수익이 줄어든다고 해서 고정비가 줄어드는 건 아니기 때문이다.

"그렇게 되면 결국 성화는 서비스를 줄일 겁니다."

결국 악순환이 된다. 사람들은 찾기 힘든 성화 대신에 대룡으로 올 게 뻔하다.

"하지만 그 전에 먼저 하실 게 있습니다."

"먼저 할 거라니?"

"일단은 내부 정리부터 해야지요."

"내부 정리?"

⚖

손예은 변호사는 노형진의 말대로 이번 사건의 준비를 하고 있었다.

"지금부터 여러분들은 중고차 딜러입니다. 하지만 지금까지와는 다른 구조로 움직입니다. 아십니까?"

중고차 딜러는 기본적으로 다 개별적으로 움직인다. 자동차를 사서 팔거나 기업에 최소한의 임금을 받는 대신 판매한 만큼의 인센티브를 받는 형태이다. 하지만 대룡은 전혀 다른 형태로 시장에 뛰어들었다. 바로 월급제다.

"차를 팔면 좋습니다. 하지만 그걸 위해서 거짓말할 필요는 없습니다."

고개를 끄덕이는 딜러들. 물론 일을 아예 하지 않아도 월급은 주는 건 아니다. 이쪽에도 월급과 인센티브가 있다. 다만 월급이 전처럼 최소한의 생계도 유지하지 못할 정도로 적지는 않게 되었다는 것이다.

"우리는 믿음을 판다는 생각으로 움직여 주십시오."

"네!"

딜러들은 활기차게 이야기했고 손예은은 그런 그들에게 법적인 문제에 대해 강의를 시작했다.

"일단 차량 판매 시 고지 내용부터 시작하겠습니다."

같은 시간, 노형진은 이번 사업을 담당하게 된 정승진이라는 사람과 함께 움직이고 있었다.

"이건 진짜 좋은 생각이군요."

처음에 노형진의 말을 들은 정승진은 이해하지 못했다.

"그럴 겁니다. 하지만 제대로 된 딜러를 만나는 것은 솔직히 일반적인 서민에게는 무척이나 조심스러운 일입니다. 일단 딜러라는 직업 자체의 이미지가 안 좋고 그에 속한 사기꾼들이 워낙 물을 흐려서요."

가진 사람들이야 어차피 외제 차도 일시불로 사 버리니 고민이 없겠지만 일반 서민들은 중고도 수천이 넘는 차들을 사는데 고민하지 않을 수가 없다.

"맞아요. 저도 사회 초년생 때 돈이 없어 중고를 사는데 얼마나 고민이 많았던지."

"그래서 이런 시스템을 구축한 겁니다."

원래 중고차 딜러들에게는 중고차 관리 시스템이 있다. 그 시스템에 들어가면 전 국에 있는 모든 중고차가 뜬다. 그리고 그중에서 마음에 드는 차를 고르는 것이 일반적인 거래 방법이다. 아니, 이런 방법으로 해야 정상이다.

하지만 결정적인 문제가 그 시스템을 이용할 수 있는 사람은 오직 중고차 딜러뿐이라는 것이다. 물론 일반인이 허위 매물인지 확인하는 방법도 있기는 하다. 바로 차량이력추적 시스템.

문제는 그건 유료에 따로 회원 가입까지 하는 번거로운 절

차가 있다는 것이다. 한 번에 2천 원씩 내야 하는데 마음에 드는 차가 나올 때마다 확인할 수는 없는 노릇. 더군다나 그 시스템을 이용하기 위해서는 차량의 번호를 알아야 하는데 허위 매물을 걸어 두는 작자들은 그 차량의 번호를 알려 주지 않는다.

"그러니까 이걸 이용해서 손님을 끌어모은다는 거죠?"

"네, 허위 매물이 판을 치는 걸 역으로 이용하는 거죠."

노형진이 노린 것은 바로 그것이다. 딜러 자격증이 있는 사람들을 콜 센터에 배치해서 전화가 오면 고객이 물어보는 차량이 실제 차량인지 확인해 주는 것. 만일 그렇지 않다면 원하는 조건의 차량을 찾아 줄 수 있는 대룡의 중고차 딜러와 연결해 주는 것.

"아마 녀석들은 허위 매물이 우리한테 도움이 될 거라고는 생각도 못할 겁니다."

"그렇지요."

허위 매물로 사람을 낚는 방식은 간단하다. 인터넷에 터무니없이 싼 가격에 매물을 올려놓고 일단 오라고 한다. 그리고 현장에 오면 '차가 팔렸다.'나 '급발진 차량이다.' 등등의 핑계를 대면서 다른 차를 보여 준다. 아니면 깡패들을 동원해서 겁을 주거나 하는 식으로 강매를 한다. 당연히 소비자는 시간은 시간대로 쓰고 돈은 돈대로 쓰게 된다.

"하지만 그런 일은 이제 없을 겁니다."

여기에 전화 한 통이면 바로 허위 매물인지 확인할 수 있을 뿐만 아니라 원하는 차량을 바로 찾을 수 있다. 또한 관심이 있을 경우 해당 지역에 있는 소속 딜러에게 소개해 주면 그만이다. 소비자의 입장에서는 믿을 수 있어 좋고 딜러의 입장에서는 소비자를 속이지 않아도 되니 좋다.

"도대체 왜 이런 시스템을 안 만드는 건지."

사실 이런 시스템을 만드는 데에는 돈이 들지 않는다. 전화기 몇 대 설치하고 이미 있는 검색 프로그램만 깔면 된다.

"그래야 돈이 되니까요."

도리어 너무 투명하게 드러나면 바가지를 씌우지 못하니 질 나쁜 딜러들과 그들에게 뇌물을 받는 자들이 방해할 수밖에 없다.

"일단 이곳은 이 정도면 되겠군요."

"그렇지요."

노형진은 그들을 만나고는 바깥으로 나가 제법 커다란 시설로 향했다.

"정비 확인 팀이라."

"이제 우리가 하는 일에 대한 주요 멤버입니다. 그러니 실력이 확실한 사람을 뽑아야 합니다."

"안 그래도 그러고 있네."

정비 확인 팀은 말 그대로 정비 상태를 확인하는 사람들이다. 사람들이 차를 살 때 솔직히 아무리 딜러가 믿음직한 사람이라 할지라도 차량의 상태를 명확하게 알 수 없다. 무사고 차량이라 해도 차량을 너무 거칠게 타서 엔진 상태가 안 좋을 수도 있고 사고 차량이라 해도 주요 부품이 아닌 단순 교환이라서 멀쩡할 수도 있으니까.

문제는 딜러 역시 자동차 전문가가 아닌지라 그에 대해서는 알 수 없다는 것.

"이제 이들이 그 일을 하게 될 겁니다."

그래서 만든 것이 바로 대룡의 중고차 정비 확인 팀이다.

정비 확인 팀은 일단 차를 보고 마음을 굳힌 사람이 차량의 상태를 체크하기 위해 부르면 그곳에 가서 차량의 상태를 확인해 준다. 다른 업체처럼 접점이 있는 것도, 그들과 공생하는 것도 아니니 당당하게 차량의 상태를 말할 수 있다.

물론 일정 부분 돈이 들어가지만 수천만 원짜리 사면서 차량이 상태가 궁금하지 않은 사람은 없었다.

"그리고 사설 공증 시스템을 만든단 말이지."

"네."

노형진은 최종적으로 과거 연예 기획사들처럼 딜러의 공증 시스템을 만들 생각이었다.

"중고차 시장은 새 차 시장보다 훨씬 크죠."

노형진의 말에 정승진은 고개를 끄덕거렸다. 새 차는 판매되면 끝이지만 중고차가 되지만 중고차는 계속 거래되기 때문이다.

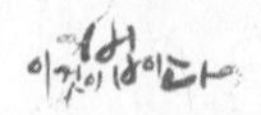

"다만 저항이 있을 거라 예상됩니다만."

"언제는 없었습니까? 어딜 바꾸든 기득권의 저항은 있을 수밖에 없습니다."

그리고 노형진은 그동안 배를 불려 온 기득권층 때문에 이런 개혁을 포기할 생각은 전혀 없었다.

⚖

"여보세요? 잠시만요. 어떤 차량을 원하신다고요?"

"여보세요? 아, 차량 번호가 몇 번이시라고요? 잠시만 기다려 주십시오. 확인 결과 그런 차량은 없는 걸로 나오네요. 허위 매물로 판단됩니다."

정신없이 돌아가는 콜 센터. 사람들은 여기저기서 오는 전화에 정신을 차릴 수가 없었다.

"전화가 많은가 보네요?"

노형진은 정승진에게 물어볼 수밖에 없었다. 전에 시작한 건 고작 열 명이었는데 그 짧은 사이에 무려 스무 명으로 늘어났기 때문이다.

"그럴 수밖에 없네요. 무슨 놈의 허위 매물이 그렇게 많은지."

"그렇지요?"

막말로 인터넷에 올라오는 매물의 50%는 허위 매물이다. 그런 상황에서 그걸 물어볼 곳이 생겼으니 사람들이 전화하지 않을 리 없다.

“그나마 다행인 건 이쪽에서 거래하는 사람들도 늘었다는 겁니다.”

“그렇겠지요.”

개인이 아닌 대기업이라는 점과 그곳에서 책임지고 모든 차량을 확인해 준다는 점 때문에 사람들은 작은 곳이 아닌 이곳을 찾기 시작했다.

“가장 큰 이유는 아무래도 실매물에 있죠.”

“그럴 겁니다. 지금까지 구조는 좀 이상했으니까요.”

원래 차량은 기본적으로 눈으로 보는 게 맞다. 문제는 지금까지는 그 존재조차도 일단 가서 확인해야 한다는 것이었다. 그런 차가 있는지 없는지 말이다. 그런데 여기는 전화로 확인하고 자신이 원하는 차량을 말하면 추천해 주고 상담을 원하면 그때 가면 된다. 몇 번씩 올 필요가 없는 것이다.

“이쪽 말고도 판매량은 계속 늘고 있습니다.”

“그렇겠지요.”

“그런데 다른 분은 어디 가셨습니까?”

정승진은 고개를 갸웃했다. 함께 다니던 여자 변호사가 보이지 않았던 것이다.

“아, 다른 문제를 해결하러 갔습니다.”

“해결?”

“네. 뭐, 예상했던 일이니까요.”

같은 시간, 손예은은 여러 사람들과 회의하고 있었다. 하지만 그 회의라는 것이 그다지 좋은 분위기는 아니었다.

"당신들 말이야! 대기업이 그러면 안 되지!"

중고차 딜러 업체의 대표는 버럭 화부터 냈다. 그럴 수밖에 없다. 난데없이 대기업이 끼어드는 바람에 자신들의 입지가 좁아졌기 때문이다.

"중고차 업체에 제한은 없습니다만."

손예은은 차가운 시선으로 그들을 바라보았다. 애초에 저들의 요구 조건은 이미 들어서 알고 있었다. 문제는 그게 터무니없는 조건이라는 것이다.

"그래도 전통적으로 이건 소상공인이 하는 일인데."

"그건 전통이 아니라 악습이라고 하죠."

"악습?"

"안 그런가요? 솔직히 중고차를 파는 사람들이 좋은 소리를 듣지 못하는 건 아실 텐데요?"

"그거야 그렇지만 그건…… 일부 사람들이……."

"일부가 모이면 다수입니다. 그리고 악이 승리하는 조건은 선이 침묵할 때지요."

한마디도 지지 않는 손예은의 말에 중고차 업체 사장을 할 말을 잊었다. 자신들이 원하면 허위 매물 유포를 막을 수도 있지만 같은 업종이라고, 아는 사이라고 모른 척한 게 사실이기 때문이다.

"일부가 그럴지도 모르죠. 하지만 그걸 아는 다수가 그걸 침묵하면 법적으로는 그런 자들을 동의범이라고 합니다. 그 해당 범죄 사항에 대해서 암묵적으로 동의했다는 거죠."

"뭐라고? 지금 우리를 모욕하는 거야!"

"모욕이 아니라 사실 아닌가요?"

지금까지 허위 매물이 문제가 된 적이 한두 번이 아니다. 하지만 중고차 업계는 그 자정 노력을 전혀 하지 않았다. 문제를 일으킨 해당 업체가 다른 곳으로 옮겨도 모른 척했다.

"썩은 고기는 독수리를 불러들이는 법입니다."

"끄응……."

손예은은 단호하게 말을 잘랐다. 저들과 협상할 생각도, 이유도 없었다.

"더군다나 당신들이 요구한 것은 일반적으로 말도 안 되는 요구죠."

차라리 소상공인 사업인 만큼 전면 철수해 달라고 하면 이해라도 하겠는데, 저들이 요구한 것은 소상공인 딜러들을 위해 500억을 지원할 것, 매년 자동차 판매량을 1만 대 이하로 유지할 것 등 말도 되지 않는 조건을 단 것이다.

"그래서 해 보자는 거야? 우리가 자동차 정보 공급을 안 하면 어떻게 될 줄 알아?"

"그건 불법일 텐데요?"

"그런다고 방법이 없는 줄 알아?"

그들에게는 인맥이 있다. 그러니 따로 선을 만들어서 그곳에 차량을 올리면 대룡은 접근하지 못한다.

"마음대로 하십시오."

손예은은 더 이상 길게 이야기하지 않았다.

"한 가지만 말하지요."

손예은은 나가다가 말고 몸을 돌려서 그들을 바라보았다.

"적응하지 않는 공룡은 결국 멸종할 뿐입니다."

"뭐라고 하는 거야?"

그러나 그들이 손예은의 말을 이해하게 되는 것은 얼마 걸리지 않았다.

⚖

"다녀왔습니다."

노형진은 사무실로 들어오는 손예은을 보면서 한 손을 들어서 환영해 줬다.

"파토는 잘 냈습니까?"

"네."

보통은 협상하는 이유는 어떻게든 서로 좋은 결과를 만들어 내기 위해서였다. 하지만 노형진은 애초에 파토를 내기 위해서 손예은을 보낸 것이다. 손예은의 차갑고 무표정한 얼굴이 상대방에게 좋게 보일 리 없으니까.

'뭐, 내가 가도 되겠지만.'

하지만 그는 너무 유명하다. 도리어 그 점을 악용해서 대기업이 탄압한다고 할 수도 있기에 노형진은 일단 협상에서는 뒤로 슬쩍 빠졌다. 어차피 결과만 같으면 상관 없으니까.

"뭐라고 하던가요?"

"노 변호사님 말씀대로더군요. 대룡을 정보 라인에서 제외하려고 합니다."

"그렇겠지요. 그들은 그럴 수밖에 없을 겁니다. 솔직히 아무리 그래도 개인 사업자들이 대기업과 싸우는 건 무리니까요."

그들이 자정 작업을 제대로 하지 않아 국민들에게 욕을 먹고 있다곤 하나 대기업이 자본력을 바탕으로 작은 산업에 무조건 진출하는 것도 좋은 것은 아니다.

'뭐, 그래도 대룡은 나름 통제하고 있지만 말이야.'

아니나 다를까, 성화를 비롯해서 대기업의 3세대 사업가들은 뭔가를 개발해서 해외 기업들과 싸우기보다는 수입에 매달리거나 소상공인 사업을 가로채서 수익을 뺏으려 하고 있었다.

"그럼 이제 어쩌실 생각인가요?"

손예은은 다음 계획을 차분한 표정으로 물어봤다. 노형진의 성격상 아무런 계획도 없이 자신을 보내서 협상을 파토

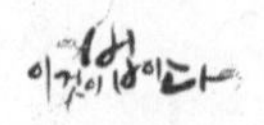

내라는 소리를 하지는 않았을 테니까.

"아까도 말했지요?"

노형진은 구석에 있는 서류를 당겨서 그걸 열었다. 거기에는 가득하게 이름이 적혀 있는 서류가 있었다.

"소상공인이 대기업을 상대로 싸우는 건 무리라고."

개혁도, 협상도 하지 않을 생각이라면 그들에게 남은 것은 결국 먹잇감이 되는 것뿐이다.

⚖

자동차 딜러들은 그 후부터 새로운 작전을 짰다. 거래하는 차량의 정보를 딜러용 공유 프로그램이 아니라 자신들만의 인맥을 이용해서 주고받기 시작한 것이다. 물론 그들은 그렇게 하면 대룡에서 손들고 나올 거라 생각했다.

하지만 작전이라는 것은 상대방이 모르고 있거나 대응할 방법이 없을 때의 이야기지, 대응할 방법이 있다면 전혀 다른 문제가 된다.

"역시나 그렇단 말이지."

노형진은 그들이 그렇게 나올 거라는 것을 예상하고 그들의 공격을 파훼할 방법도 찾고 있었다. 다름 아닌 알바라는 존재였다.

"알바라니, 이건 참……."

"요즘 세대는 인터넷에 익숙한 세대입니다. 당연히 모든 정보를 인터넷에서 얻지요."

건물에 가득한 사람들. 그들은 대룡에서 고용한 알바들이었다. 그들은 빠른 속력으로 인터넷에 글을 올리면서 여론을 몰아가고 있었다.

"이거 효과가 있나요, 근데?"

"있지요. 상식적으로 생각해 보십시오. 정상적으로 거래를 마친 사람이 인터넷에 자랑스럽게 글을 올릴까요?"

"음…… 그건 아니죠."

대부분의 사람들은 불만을 인터넷에 올린다. 그래서 어떤 기업들은 그걸 막기 위해 무리한 고소까지 해 가면서 글을 삭제하려고 한다.

"하지만 좋은 글도 많이 올라오죠."

"그렇지요. 하지만 정 사장님은 인터넷에 올라오는 좋은 후기를 얼마나 믿습니까?"

"글쎄요. 전 그다지 인터넷 세대가 아니라서요."

"그럼 질문을 바꾸죠. 주변에서 무조건 극찬하는 곳은 얼마나 믿습니까?"

"안 믿죠."

믿을 리 없다. 모든 것은 동전의 양면이 있다. 당장 식당만 해도 맛은 좋은데 서비스가 나쁠 수 있으며, 반대로 맛은 좋은데 서비스가 나쁠 수도 있다. 둘 다 좋은데 가격이 비쌀 수도 있다. 하다못해 세 가지 다 좋은데 위치가 영 어정쩡하고 주차하기 힘들 수도 있다.

“완벽한 건 없으니까요.”

“맞습니다.”

세상에 완벽한 건 없다. 당연히 아쉬워 할 수밖에 없다.

“하지만 인터넷에 올라오는 글들은 대부분 극찬하는 것들뿐입니다. 그들도 우리와 마찬가지로 알바를 통해 홍보 글을 올리니까요. 요즘 세대는 그걸 알고 자라난 세대입니다.”

“그런가요?”

“네, 그리고 인간은 좋은 정보보다 나쁜 정보를 더 빨리 얻습니다. 좋은 걸 얻어 봐야 손해 보지 않는다 정도이지만 나쁜 걸 잡으면 손해가 크니까요.”

“그럼…… 아, 대충 알 것 같네요.”

분명 저들도 열심히 알바를 써서 홍보하고 있을 것이다. 물론 그들은 자신들에 대해 극찬할 것이다. 그에 반해 이쪽은 알바를 통해 자신들을 홍보하는 게 아니라 저쪽을 깎아내린다. 그럼 과연 인간은 어떻게 반응할 것인가?

“보통 그렇게 되면 좋은 쪽은 알바로, 나쁜 쪽을 진실로 판단하죠.”

“아아.”

인간은 나쁜 정보를 믿는 버릇이 있다. 그래야 손실을 최소화할 수 있기 때문이다.

“그리고 말입니다, 이쯤에서 진짜 피해자가 나타나면 사람들은 어떻게 생각하겠습니까?”

“피해자요?”

—차 안 사요? 지금 날 고생시키고?

—아, 진짜 사람 빡 돌게 만드네. 아저씨 맞을래요? 네? 진짜 한번 맞아 볼래요?

노형진은 그들과 함께 움직이는 사람들 중에서 가장 질이 좋지 않은 사람을 골라 사람을 보낸 뒤 그걸 찍어서 뉴스에 제보했다. 대룡의 힘 정도면 그 정도 뉴스를 저녁 뉴스에 넣는 것은 어려운 일이 아니니까.

아니나 다를까.

“저저…… 망할 놈들.”

“저러니까 평생 차팔이나 하고 살지.”

“내가 이래서 중고차 파는 새끼들하고 상종하지 못하겠다니까.”

안 그래도 대부분의 사람들에게 중고차 딜러의 이미지는 그다지 좋은 것이 아니다. 그런 상황에서 쐐기를 박을 만한 장면이 나가자 사람들은 광분하기 시작했다.

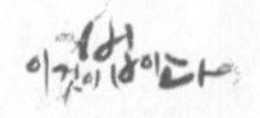

물론 선량한 사람들에게는 억울하겠지만 중고차 거래를 해 본 많은 사람들이 질이 나쁜 자들을 만났다는 그 소문은 사방으로 퍼지니까. 그리고 그와 동시에 인터넷에 퍼지는 수많은 소문들.

—작은 놈들을 뭘 믿고 거래하냐?

—이번에 산 거 침수 차더라.

—와, 바가지 쩐다. 1,800만 줬는데 다른 데서 1,500만이래. 어쩐지 정보 공유도 안 하더라니.

—요즘도 차팔이한테 가는 사람이 있네. 헐.

—씨발. 내가 차팔이한테 가면 성을 간다.

사람들이 생각하기에는 방송에 나오면서 그동안의 피해자가 나오기 시작한 거라고 생각했지만 사실은 노형진이 미리 준비한 알바들이었다. 무조건 악플을 다는 것만이 여론을 통제하는 방법이 아니다. 적재적소에 정확하게 집어넣어야 여론이 그쪽으로 흘러가기 마련이다.

아니나 다를까, 중고차 딜러들에 대해 나쁜 소문이 돌기 시작하자 선량한 딜러들은 대룡의 아래로 모여들었다.

"잘 생각하셨습니다."

노형진은 새로 가입된 사람들을 보면서 미소를 지었다. 그들은 기존에 있던 세력들 때문에 도리어 차팔이라고 욕먹으면서 손해를 보던 사람들이었다.

"이 조건 맞죠?"

"맞습니다. 우리는 믿음을 기반으로 거래합니다."

대룡에서 내건 조건은 어려운 게 아니었다.

첫째, 허위 매물이나 미끼 매물을 하지 말 것.

둘째, 수입금의 3%를 수수료로 낼 것.

그것만 지키면 되는 것이다. 어차피 이들은 허위나 미끼 매물을 내지 않았던 사람이니 첫 번째는 어렵지 않았고, 수입금의 일부를 내는 것도 원래 중고차 거래소에 차를 올린 상태에서 다른 사람이 팔아 주면 그에게 일부 수수료를 줘야 하니 손해 보는 것은 없었다.

"이제는 여러분들도 대룡자동차 소속 딜러입니다. 믿음으로 움직여 주시면 됩니다."

정승진은 사람들에게 마지막 부탁을 하고 노형진에게 다가왔다.

"거의 다 들어온 것 같네요."

"그렇지요?"

이제 외부에 남은 사람들은 허위 매물을 가지고 장난치다가 걸린 적이 있는 놈들이거나 그런 짓으로 소문난 녀석들뿐이었다. 선량한 딜러들은 가입하는 게 도리어 이득이니 거절할 이유가 없었다.

"이제는 대충 정리된 것 같네요."

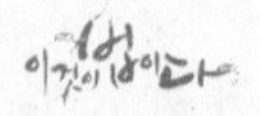

"그럴 겁니다."

어찌 되었건 대룡이 이 중고차 시장에 진출하기 위해서는 한번 정리가 필요한 상황이었다. 그리고 이제 대충 정리되었으니 마지막 폭탄을 떨어트릴 차례였다.

"그러고 보니 얼마 후에 폭탄이 도착하겠군요."

"그렇지요? 후후후."

노형진은 장난기로 가득한 얼굴로 창밖을 바라보면서 중얼거렸다.

"그 나쁜 딜러들의 얼굴을 보지 못한다는 게 참으로 안타깝네요. 후후후."

⚖

얼마 후 악질 딜러들은 뉴스를 보고 사색이 되었다.

"이게 뭐야!"

"뭔데?"

"이거! 몰라? 못 봤어?"

"뭔데? 무슨 이야기인데?"

누군가 뉴스를 보고 경악을 금치 못하자 모여드는 사람들. 뉴스를 본 그들은 얼굴이 새하얘지기 시작했다.

-대룡자동차, 중고차 수입 판매 실시. 해외 중고차 수입하여 판매

예정. 기존 중고차 시장에 새바람.

—대룡자동차 대표 정승진. 중고차 시장에서 M사 모델과 B사 모델의 가격 30% 이상 낮출 수 있다고 밝혀.

—대룡, 중고차 1년간 무상 서비스 후 수입 자동차에 대하여 저가 A/S 약속.

—정승진 대표, A/S는 돈벌이가 아닌 고객에 대한 약속이라고 밝혀.

"이…… 이럴 수가……."

그들은 그걸 보고 속았다는 사실을 알아차렸지만 이미 돌아갈 곳은 없었다.

생각지도 못한 아군?

성화는 생각지도 못한 역습에 너무 놀랐다.

"뭐? 수입 차 A/S?"

"네."

성화의 계열사로 해외 자동차의 수입을 관리하는 일성자동차의 사주는 김화자의 조카인 김석패였다. 그는 다른 재벌 3세와 마찬가지로 자신의 자리를 만들기 위해 사업을 시작했는데, 그게 바로 수입 차였다.

사실 수입 차를 파는 곳은 다른 기업들이었다. 그러나 성화가 막대한 자금을 바탕으로 그 독점권을 빼앗아 김석패에게 몰아준 덕분에 김석패는 한국 내 수입 차의 가격을 마음대로 주무를 수 있게 되어 막대한 돈을 벌 수 있었다. 그런 그에게 있어서 대룡의 반격은 전혀 생각하지 못한 것이었다.

"그게 말이 돼? 어떻게 그들이 부품을 수입하는 거야? 독점권은 우리한테 있잖아!"

"그게…… 우리가 생각지도 못한 방법을 썼습니다."

각 나라의 중고차를 수입해서 판매한다. 그리고 그 A/S를 위해 부품의 판매를 요구하자 한국에서의 점유율을 상승시킬 기회를 노리고 있던 각 차량 제조사들은 기꺼이 부품을 판 것이다.

"독점권은?"

"그게 우리가 가지고 온 것이 차량에 대한 독점권인지라……."

"그게 그거 아냐?"

"다릅니다. 자동차가 부품이 모여서 만들어지는 것이기는 하지만 부품 자체는 자동차가 아닌지라……."

"뭐야! 왜 그따위야?"

"그게…… 사실은……."

비서실장은 비싸서 부품의 독점권까지 가지고 올 수 없다고 말할 수가 없었다. 그 당시 부품의 독점권까지 가지고 오려고 했지만 각 회사들은 그건 꺼렸다. 준다고 해도 비싼 비용을 요구했고 말이다. 그래서 부품 장사로 돈을 벌 계획이 없던 일성은 비싼 돈을 줘야 한다는 말에 결국 부품의 독점권을 포기했는데 그게 문제가 된 것이다.

사실 순정 부품에 대한 권한을 가지고 온다고 해도 법적으로 인정받은 재활용 부품이나 타사 부품에 대해서는 독점하기에는 너무 종류가 많아 실익이 없어서이기도 했지만.

"이런 일은 없을 거라며!"

"그거야…… 그렇지만 이건 생각지도 못한 일인지라."

애초에 그걸 포기할 수 있었던 것은 회사에서 이유가 없이 A/S용 부품을 다른 자들에게 팔 리 없다는 말 때문이었다.

맞는 말이다. 아무런 이유나 근거도 없이 달라는 대로 넙죽넙죽 부품을 주는 기업은 없다.

"하지만…… 대룡에서 이렇게 나올 거라고는……."

하지만 대룡이 중고차로 엄청난 양을 구입해서 한국 시장에 진출하면서 정당한 권리가 인정되어 부품을 수입하는 게 가능하게 된 것이다.

"어떻게든 막아!"

"막아 보겠습니다만……."

비서실장은 말하면서도 도무지 방법이 보이지 않는다는 사실을 인정해야 했다.

⚖

"제발 받아 주십시오."

"회개하고 바르게 살겠습니다."

대룡자동차의 앞에서 울고불고하면서 빌고 있는 사람들.

그들은 질이 좋지 않은 딜러들이었다. 그런데 그들은 철저하게 소외된 채로 망해 가고 있었다.

"필요 없습니다."

하지만 노형진은 단호했다. 기회를 줬는데 그들은 걷어찼다.

'그리고 경험상 이런 녀석들은 꼭 나중에 문제를 일으키지.'

자기 자신이 뉘우치는 게 아닌 남의 말에 의해서, 또는 일시적인 사정으로 인해서 뉘우치는 녀석들은 기회만 되면 과거의 잘못을 반복한다. 즉, 저들은 기회가 몇 번이나 있었음에도 지금까지 버티던 악질 사기꾼 중 사기꾼.

"제발……. 이대로는 망한단 말입니다."

질 나쁜 딜러들은 다급해졌다. 똑같은 차라도 미국이나 해외 수출용 차량이 훨씬 좋은 품질인 것은 전 국민이 아는 사실이다. 그 상황에서 해외 중고차가 들어오자 한국 중고 물량이 안 팔리게 되었던 것이다. 그들이 가진 것은 한국 내 물량이니 당연히 팔리는 게 없었다. 더군다나 선량한 딜러들이 그들에게서 빠져나와서 대룡으로 붙어 버리자 그들이 소개해 줄 수 있는 매물이 줄어들어 버렸고, 그걸 메우기 위해서 허위 매물을 더 늘릴 수밖에 없어 사람들은 더욱 열 받는 악순환이 되어 버렸다.

"한 번만, 제발 한 번만 용서해 주십시오."

"용서는 할게요."

"감사합니다. 감사합니다."

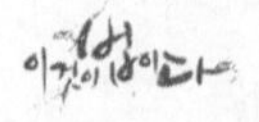

"하지만 받아들이지는 못합니다."

"네?"

노형진의 말에 그들은 말문이 막혔다. 하지만 노형진의 입장으로서는 당연한 일이다.

"용서하는 거야 어렵지 않죠. 내가 허위 매물에 당한 적이 있는 것도, 강매당한 적이 있는 것도 아니니 용서하는 거야 천 번인들 못하겠습니까, 말만 하면 되는데? 하지만 그건 그거고 사업은 사업이죠."

"사……업이라니요?"

"아닌가요? 당신들이 지금까지 해 온 짓을 모르지는 않으실 테고, 그 상황에서 당신들을 받아들이면 우리의 이미지가 떨어집니다. 딜러가 부족한 것도 아닌데 우리가 왜 그런 위험부담을 감수하면서 당신들을 받아들여야 합니까?"

"……."

"그러니까 용서는 하겠지만 당신들은 못 받아들입니다."

"크흑."

그들이 눈물을 흘리든 말든 노형진은 몸을 돌려서 안으로 들어왔다. 그리고 그걸 보고 있던 정승진은 속이 시원한 얼굴로 노형진을 맞이했다.

"단호하시군요."

"좋은 게 좋은 거라는 건 우리한테 이득이 될 때에만 해당되는 겁니다."

이건 손해일 뿐이다. 그런 상황에서 현행법상 처벌받지 않았을 뿐, 실질적으로 범죄자인 녀석들을 받아들일 이유는 없다.

"그나저나 판매량은 어떤가요?"

"급속도로 늘어 가고 있습니다."

"그렇겠지요."

일단 수입 물량은 미국과 캐나다 등지에서 수입하고 있었다. 일본의 경우는 운전석이 반대쪽에 있어 가지고 올 수 없었지만 말이다.

"수출 차량이 국산 차에 비해 훨씬 좋은 건 다들 아니까요."

"씁쓸한 일이죠."

물론 자동차 회사는 똑같은 차라고 한다. 현행법에 맞춰서 만든 차라고 말이다. 문제는 그 현행법이라는 게 나라마다 다르다는 것이다. 가령 한국의 안전 기준을 적용하면 미국에 수출하지 못한다. 한국의 기준이 낮기 때문이다.

반대로 미국의 기준은 한국에서는 구매하고 싶어도 할 수가 없는 오버 스펙이라 아예 팔지 않는다. 한국의 차가 미국에 가면 더 좋고 더 싸다는 말은 오래전부터 있던 말이고 또 사실이기도 했다.

"그 말은 인터넷에서 오랫동안 떠돌던 말이지요."

그동안은 그래도 방법이 없었다. 수익을 더 내기 위해서 자동차 회사들이 미국과 동일한 차량을 팔려고 하지 않았던 것이다.

"하지만 이제는 중고지만 오버 스펙을 가진 차들이 들어오니 중고차를 살 사람들이 어디로 갈지는 뻔한 거죠. 후후후."

"다만 성화에 비해 우리가 수리소가 부족합니다. 수를 확장하고 있습니다만 단시일 내에 확충하는 게 쉽지는 않군요."

"차라리 기존에 있던 곳과 제휴하는 형태로 하시죠."

"아, 영화관처럼 말입니까?"

"기억하시나요?"

"그럼요. 대룡에서는 전설인데요."

노형진은 성화가 엔터테인먼트 쪽에 진출할 때 대룡의 부탁을 받고 그들을 진압했다. 특히 영화관에 그들이 멀티플렉스로 진입할 때 기존에 있던 영화관들과 제휴하는 형태로 숫자를 확 늘림으로써 그들의 진출을 방해한 적이 있었다.

"결국 그 사건으로 성화의 영화관 수는 정체되었지요."

원래 역사대로라면 성화는 압도적인 영화 상영관을 무기로 영화를 직접 만들 뿐만 아니라 자신들에게 불리한 영화를 못 만들게 하기도 하고 반대로 라이벌 작품은 스크린을 고의적으로 거의 배정하지 않는 식으로 시장을 독식했다. 하지만 이제는 노형진 때문에 불가능한 상황.

"맞습니다. 뭐, 1급 공업사들을 제휴하면 충분하지 않을까 싶은데요?"

"음…… 하긴…… 일반적으로 시스템은 비슷하니까요. 하지만 그래도 여전히 저들의 수리소가 많을 텐데요? 사람들의 심적으로도 아무래도 그쪽을 가지 않을까 하는데요."

일단 차를 산 사람들은 다른 곳에 맡기려고 하지 않을 것이다. 그래야 안정적으로 수리받을 수 있으니까.

"그 부분은 걱정하지 않으셔도 됩니다. 그 부분은 손써 줄 사람들이 있습니다."

"네? 누구요?"

"비밀입니다. 후후후."

노형진은 더 이상 이야기하지 않았다. 사실 이야기해도 상관없지만 설레발이 될 수도 있는 데다가 어차피 이건 자신이 움직이지 않아도 될 일이기 때문이다.

'하지만 그들의 그동안 행적을 보면 안 하면 그게 이상한 거지.'

결국 기다리면 그들이 성화의 숨통을 조이는 것은 당연한 일이었기에 노형진은 가만히 기다릴 뿐이었다.

⚖

"뭐야?"

박유성은 자신에게 날아온 소송장을 보고 기가 막혔다.

"출석명령서?"

"여보, 도대체 무슨 짓을 한 거야?"

"내가 뭘! 난 아무것도 안 했어!"

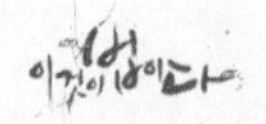

그냥 언제나처럼 출근하고 퇴근했다. 사기를 친 것도, 횡령한 것도, 그렇다고 세금을 탈루한 것도 아닌데 경찰서에서 출석명령이 날아온 것이다.

"아니, 이게 어떻게 된 거야?"

그는 이해할 수가 없었지만 일단은 경찰서에서 부른 이상 그냥 있을 수는 없었기에 경찰서로 갔다. 그런데 그곳에서 그가 들은 말은 생각지도 못한 것이었다.

"뭐라고요? 보험 사기요?"

"네."

"아니, 전 멀쩡하게 회사에 다니는 사람입니다. 더군다나 연봉이 1억이 넘는다고요. 제가 뭐가 아쉬워서 보험 사기를 칩니까?"

자신은 충분히 만족할 만큼 벌고 있다. 그런데 보험 사기를 칠 이유가 없지 않은가?

"그게 말이죠. 보험사에서는 그렇게 생각하지 않네요."

경찰은 연필로 머리를 벅벅 긁었다. 하긴 자신이 생각해도 좀 이상하니까.

"뭐가요?"

"수리비 말입니다, 수리비."

"수리비요?"

박유성은 자신이 얼마 전에 고쳤던 자동차가 생각났다. 자신의 수입 차였다.

'그거 말고는 보험 사기에 연루될 만한 게 없는데?'

아니, 애초에 보험에 든 건 그것뿐이다.

"그거 왜 고의적으로 비싼 값에 수리했느냐는 거죠."

"고의라니요. 정가인데."

"그럴 리가요. 이거 보세요."

경찰이 내미는 건 보험회사에서 제출한 동일 부품에 대한 수리비였다.

"그쪽에서 정산한 수리비는 총 380만 원 정도예요. 그런데 선생님이, 아니 선생님 차를 수리한 곳에서 수리한 비용은 무려 1,120만 원이거든요. 무려 세 배나 차이가 나요."

"그게 말이 됩니까!"

자신은 차를 샀던 곳에서 수리했다. 그런데 뭘 어쩌란 말인가? 애초에 그 정도 수리로 고작 380만 원밖에 나오지 않을 리 없다.

"보아하니 성화 쪽에서 수리하신 것 같은데."

"당연하죠!"

"보험회사의 입장에서는 그걸 받아들일 수가 없죠. 똑같은 데서 수리했는데 한쪽은 300만 원인데 한쪽은 1천만 원이 넘어가니."

"끄응……."

"솔직히 말하면 이런 사건들이 너무 많아요."

보험회사는 가능하면 돈을 주지 않으려고 한다. 실제로 소액 재판의 60%는 보험회사에서 돈을 주지 않기에 일단 걸어 보는 소송일 정도로 그들은 돈을 주지 않기 위해 노력한다.

"그런 상황에서 고의적으로 비싼 곳에서 수리했다는 건 그들로서는 납득이 가지 않는 거죠. 그래서 이런 사건이 한두 건도 아닌 거고."

"하지만 정식 수입 업체는 일성인데요?"

"그거야 차를 수입한 거지, 독점 수리 업체는 아니잖습니까?"

"헐."

"일단은 뭐, 정품 수리소에서 수리한 거니 형사는 '혐의 없음'으로 나오겠습니다만 민사는 각오하셔야 할 겁니다."

"민사요?"

"네."

그 형사의 말에 박유성은 어이가 없었다.

그리고 며칠 후 실제로 보험회사에서는 민사소송을 걸었다. 이유는 보험 사기.

"말이 됩니까!"

박유성은 강하게 항의했다. 하지만 보험사는 단호했다.

"말이 안 되나요? 저쪽도 동일한 부품을 사용하고 있는데 왜 굳이 일성 쪽에서 수리하려고 하죠?"

"일성이 공식 수입 업체잖습니까!"

"일성이 공식 수리 업체지만 공식 서비스 업체는 아니지요."

"공식 서비스 업체가 아니라니요!"

"안 그럼 그쪽에서 정식으로 수입해서 수리하지는 못하지요."

"으으으으."

보험사의 입장에서는 당연한 일이다. 일단 저쪽은 이족에 비해 수리비가 3분의 1이다. 부품마저도 똑같은 정품이다. 그런데 만일 누군가 일성에서만 수리한다고 하면 자신들은 무려 세 배가 넘는 돈을 그들에게 보험료로 내야 한다.

"자, 자, 진정하시고."

조정관은 일단 그들을 진정시키려고 노력했다.

"이건 솔직히 누구 잘못도 아니잖습니까? 뭐, 모르고 그럴 수도 있지요. 그냥 합의하죠. 박유성 씨가 일단은 너무 비싼 곳에서 수리하신 것도 있으니까 차액의 50%인 350만 원 정도를 추가로 부담하시는 걸로……."

"미쳤어요?"

절대로 받아들일 수가 없는 조건이었다.

애초에 보험회사에 가입하는 이유가 뭔가? 한 번에 엄청난 수리비를 감당할 수가 없어서 가입하는 게 아닌가? 그런데 350만 원이라니. 연봉 1억이라 해도 세금을 제외하고 나면 한 달에 대략 600만 정도 받는다. 즉, 한 달 임금의 절반이 훅 나가는 것이다.

"절대 못 받아들입니다."

"그냥 받아들이시는 게……."

"차를 산 곳에서 수리하는 게 정상 아닙니까! 그런데 왜

제가 수리비를 부담하죠?"

"하지만 분명히 수리비가 너무 많이 나온 것도 사실입니다. 다른 곳에 세 배라는 건 상식적으로 좀……."

"그건 그쪽 사정이죠! 그쪽이랑 해결해야지, 나랑 무슨 관계가 있다고. 그냥 법대로 합시다! 법대로!"

박유성은 이미 끝까지 갈 생각이었다. 소송에 대해 알아보기도 했고 변호사에게 조언까지 얻었다.

"휴우, 알겠습니다."

조정관은 한숨을 푹 쉴 수밖에 없었다.

"그럼 조정 불성립으로 하겠습니다."

그는 그렇게 말하면서 종이에 '불성립'이라고 표시했다.

"흥!"

"법대로 합시다!"

얼굴을 찌푸리면서 나가는 박유성과 주섬주섬 서류를 챙겨 나가는 보험회사를 보면서 그는 안타깝게 중얼거렸다.

"합의하는 게 좋았을 텐데. 거참."

⚖

"당 사건에 있어서 박유성이 차량을 구입한 정상적인 A/S 장소는 일성이라고 할 수 있다. 다만 그 후에 추가적으로 싼 가격에 A/S를 받을 수 있는 곳이 생겼다고 하나 굳이 이를 이용하지 않고 과거 거래 업체를 이용했다는 것을 보험 사기로 볼 수는 없다 볼 수 있다."

"나이스!"

박유성은 승리의 환호를 불렀다. 변호사의 말대로 이번 사건은 끝난 것이나 다름없었다. 무리한 소송이라고 할 만큼 보험사들이 무리해서 소송을 건 것이다.

"흥, 거봐. 내가 질 줄 알고!"

그는 나가면서 보험사 직원에게 큰 소리로 떠들었다.

"돈독이 올라서 등치면 좋냐?"

"애초에 싼 가격을 이용해 달라는 거 아닙니까?"

"아, 몰라. 난 계속 정품 쓸 거야."

"대룡도 정품입니다만."

"내 알 바 아니지."

박유성은 보험사 직원에게 빈정거리고는 승리를 자축하면서 법원 문을 향해 걸어갔다. 그때 그런 그를 보던 직원이 전화기를 들었다.

"네, 부장님. 접니다. 네, 졌습니다. 뭐, 예상은 했습니다만 어떻게 처리할까요? 아, 네, 알겠습니다."

그는 전화기를 끊고는 어깨를 으쓱했다. 소송에서 졌다고 자신이 손해 볼 건 없다. 오히려 이제 손해 볼 사람은 다름 아닌 박유성이다.

"쯧쯧, 인생 불쌍하게 되었네."

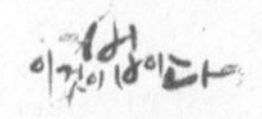

승리의 환호를 지르는 박유성은 그저 미래를 모르고 신나게 웃을 뿐이었다.

⚖

자동차보험은 일반적으로 1년에 한 번씩 갱신한다. 그리고 현행법상 그 자동차보험에 가입하지 않으면 자동차 운행도 하지 못할 뿐만 아니라 과태료도 나온다.

얼마 후 박유성도 그런 보험 가입 갱신의 시기가 왔다. 하지만 그가 들은 말은 자신의 귀를 의심하게 만들었다.

"뭐라고?"

"미안하다. 나도 이럴 줄은 몰랐네."

보통 보험은 아는 사람이 들어 주기 마련이다. 박유성 역시 보험 딜러를 하는 친구를 통해 매년 들고는 했다. 하지만 단 한 번도 보험 가입 거부라는 소리는 들어 본 적이 없었다.

"아니, '무슨 말도 안 돼.'야? 내가 뭘 잘못했다고!"

"야, 나도 몰라. 나도 어이가 없어서 확인해 봤거든? 그런데 너, 보험 사기 의심자로 분류되어 있더라."

"보험 사기 의심자라니?"

"보험 사기로 의심되긴 하는데 명확하게 고발하는 정도는 안 되는 사람들을 뜻하거든. 그런데 너도 거기에 속해. 그래서 보험을 들지 못해."

"헐."

박유성은 순간 자신에게 어떤 일이 벌어진 건지 알 수가 있었다. 자신의 자존심 때문에 굳이 비싼 곳에서 수리했던 기억. 그리고 그 때문에 겪었던 소송.

'설마.'

하지만 그거 말고는 이유가 없었다.

"망할. 그럼 다른 곳에 들어야겠네."

"그게 말이다."

친구는 박유성을 미안한 듯한 시선으로 바라보았다.

"왜?"

"나도 시도는 해 봤지."

"뭐?"

그는 일정 회사 소속이 아닌 종합 사무소 소속이다. 그러니 다른 기업에 가입시켜 줄 수도 있었다. 그런데 시도는 해 봤다니?

"그런데 안 돼. 네 이름, 블랙리스트에 올라가서 다 거부하더라."

"블랙리스트라니!"

"내부적으로 있어, 이 사람은 보험 사기가 의심된다고 하면 다른 곳에도 공유하는 그런 거."

"뭐? 하지만 난 사기 같은 건……."

"알아, 알지. 네가 사기를 치겠냐?"

연봉이 1억이 넘는다. 그런데 고작 그런 푼돈으로 사기 칠 녀석이 아니다.

"근데 사회란 게 그렇잖아."

박유성은 어이가 없다는 표정이 되었다.

"그럼 어떻게 되는 건데?"

그 말에 친구는 미안한 표정이 되었다. 그럴 수밖에 없는 게 이제 벌어질 일은 참으로 어이가 없는 일이기 때문이다.

"현행법상 보험을 안 들고 타는 것은 불법이거든? 그런데 넌 이제 보험사들이 보험 가입 자체를 안 받아 주기 때문에 이제 보험 못 들어."

"그게 무슨 소리야?"

"네가 차는 살 수 있어도 그걸 끌고 다닐 수는 없다는 거지, 뭐. 어쩌겠어. 그냥 차 팔아야지."

"이런 쌰앙."

박유성은 그 말에 절로 욕이 나왔다.

"아, 돌겠네. 씨발."

그는 자신에게 날아온 과태료를 보면서 한숨을 쉬었다. 보험을 가입하려고 여러 곳에 알아봤지만 결국 보험에 가입하지 못했다. 그리고 자동차보험에 가입하지 못하자 정부에서는 바로 과태료를 부과해 버렸다.

"여보, 소송이라도 해 보지?"

"나도 그러려고 했지."

근데 방법이 없었다. 우리나라 보험사가 어떤 곳에 가입시켜 줘야 하는 의무는 없기 때문이다. 물론 형사적으로도, 민사적으로도 그가 이기기는 했지만 내부에 있는 자료까지 불법이라고 할 수가 없었다.

"과태료야 이의신청 해서 내지 않을 수도 있겠지만."

문제는 과태료를 내지 않는 것과 아예 운전하지 못하게 되는 건 전혀 다른 문제다. 보험 가입이 안 된 차를 끌고 다니는 것은 명백하게 불법이니까.

"끄응."

결국 그는 자신의 애마를 바라보면서 한숨을 쉴 수밖에 없었다.

"저걸 팔아야 하나."

팔기는 싫었다. 하지만 아무리 생각해도 방법이 없었다.

"망할."

그는 결국 차를 팔기로 마음먹었다.

"뭐라고?"

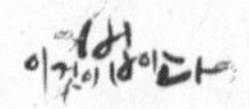

수입 차의 수입원은 크게 두 가지다.

첫째, 차 자체를 파는 것.

둘째, 그 판매된 자동차의 수리비.

사실 돈이 되는 것은 후자인 수리비다. 그런데 어느 순간부터 수리비가 돈이 안 되기 시작했다. 정확하게 말하면 수리하러 오는 차가 없었다.

"어떻게 된 거야? 이게 무슨 말도 안 되는 상황이냐고!"

김석패는 급감하는 매출을 보면서 격하게 분노했다. 물론 그도 왜 그런지 알고 있었다. 하지만 아는 것과 그걸 받아들이는 것은 전혀 다른 문제다.

"그게 판매량도 줄었는데 수리하러 오는 사람이 없습니다."

"수리를 왜 우리한테 하지 않는 거야!"

"아시잖습니까? 보험사들이 격하게 반대하고 있습니다. 심한 경우에는 아예 블랙리스트에 올려서 보험 가입을 거부하고 있어 운전자들에게 선택 사항이 없습니다."

"이익, 그 녀석들이 그럴 수 있어!"

그는 이를 뿌드득 갈았다. 그들과 자신들은 공생 관계다. 그런데 이제 와서 그렇게 장난질을 치다니 용서할 수가 없었다. 하지만 비서관은 뭐라고 할 말이 없었다.

'당연한 거 아냐?'

김석패는 분명 다른 재벌 쪽 자제들과 친밀하게 지내기는 한다. 하지만 개인적으로 친한 것과 회사의 수익이 달려 있는 것은 전혀 다른 문제다.

"그들이 아무리 사장님과 개인적으로 친하다 해도 결국은 사업가입니다. 그걸 잘 아시지 않습니까?"

"이익……."

그는 이를 뿌드득 갈았다. 그리고 화가 난 듯 옷을 바로 걸쳤다.

"나갔다 온다."

"어디로 가시는 겁니까?"

"네가 말하면 알아?"

"하지만 오후에 회의가……."

"캔슬시켜!"

그는 바깥으로 나오자마자 어디론가 자동차를 끌고 향했다. 그리고 그곳에 도착하자마자 바로 안으로 들었다.

"응?"

그가 들어가자 그곳에 있던 사람들이 그를 바라보았다.

"뭐야?"

"석패 네가 이 시간에 여기는 어쩐 일이냐?"

"그러게?"

이곳은 재벌의 자제들이 모여서 이런저런 이야기를 하는 공간이었다. 없는 사람도 있지만 말이다.

"너희, 여기 있었구나. 너희들이 이러기냐?"

"뭘?"

"왜 우리 회사에서 수리를 못 하게 하는 건데!"

한쪽에 모여 있는 사람들을 본 김석패는 격하게 분노했다. 그럴 수밖에 없다. 그들은 보험회사들의 운영자였기 때문이다.

"석패 왔어?"

"'왔어?'라니 지금 장난해! 너희들 때문에 내가 어떤 상황인지 알아?"

그가 일성자동차를 오픈한 이유가 뭔가?

바로 후계자 경쟁 때문이다.

대기업의 회장이라는 자리는 그냥 떨어지는 게 아니다. 당장 자신이 능력을 입증하지 못하면 다른 자식에게 빼앗길 수 있는 게 바로 후계자 자리다. 애초에 정식 후계자가 정해진 것도 아니다. 당연히 후보가 되는 자식들은 자신의 능력을 보여야 한다.

"알지. 모를 리가 있나."

모를 리 없다. 저들도 후계자들이다. 그러니 알 수밖에 없다.

"그런데 왜!"

"너랑 똑같은 이유 때문이야."

"뭐?"

"지금 실적이 나빠졌다고 후계자 순위에서 밀린다고 징징거리는 꼴을 봐."

김석패는 움찔했다.

"우리도 마찬가지야. 안 그래?"

"……."

김석패는 말을 할 수가 없었다.

"우리도 너와 마찬가지야. 우리 역시 실적을 보여야 후계자의 자리에 들어갈 수 있지. 그런데 지금 넌 우리에게 비싼 돈을 주면서 수리하라고 하고 있어. 너 같으면 과연 그 말을 들을까?"

"……."

들을 수가 없다. 당장 수입 차의 수리비는 수천만 원이 넘는다. 그게 한두 건도 아니고 한 해에 수백 건이 터지니 그때마다 수십억의 피해가 발생하는 셈이다. 그 상황에서 보험회사가 비싼 수리 센터를 찾을까?

"결국은 그런 거지. 넌 이런 상황이 오면 안 그럴 것 같아?"

"이이익!"

김석패는 이를 뿌드득 갈았다.

"애초에 다른 방식으로 손대야지."

"너, 너, 너……."

"우리끼리 등쳐 먹으면 쓰나."

친구들, 아니 친구라 생각했던 놈들은 히죽거리면서 김석패를 비웃었다.

"그래도 보험을 안 들어 주는 건 너무하잖아!"

"우리가 언제 보험을 안 들어 줬어?"

"뭐?"

"너희 업체만 안 쓰면 들어줘."

"그게 무슨 소리야?"

"얼씨구?"

"그런 것도 몰랐나 봐?"

"쯧쯧."

그들은 김석패를 비웃었다. 그가 자기 마음대로 해서 아래에서 최악의 순간까지 보고를 미룬다는 이야기는 듣기는 했다. 보고할 때마다 화를 이기지 못하고 모가지를 날려 버리니까.

"몰랐냐? 너희 업체를 안 쓴다는 각서 한 장이면 다 들어 줘."

"어…… 어째서……."

"어째서는 당연한 거 아냐? 외제 차 보험료가 얼만데?"

결과적으로 김석패의 일성자동차의 수리 센터만 아니면 된다는 뜻이다.

"이 개새끼들…… 후회하게 될 거다."

김석패는 이을 뿌드득 갈더니 몸을 돌려서 나가 버렸다.

"멍청하긴."

그런 김석패를 보면서 그들은 다시 대화에 집중하기 시작했다.

"어떻게 생각해?"

"저 녀석이 멍청한 거야 어디 하루 이틀 일인가?"

"그렇지?"

"저 녀석은 진짜 재벌 아들만 아니면 망했을 거야."

"그러게 말이야. 조금만 눈치가 있으면 이상하다는 걸 알았을 텐데 말이야."

사실 생각해 보면 이상한 일이었다. 아무리 재벌의 후계자들이 모여서 친목을 다지는 곳이라고 하지만 여기 있는 사람들은 모두 보험 계열 재벌들의 후계자였던 것이다. 김석패는 단순하게 생각했지만 그들이 목적도 없이 여기서 이렇게 뭉쳐 있을 이유가 없다.

"어찌 되었건 저 녀석은 내치는 쪽으로 가야겠지?"

"그렇겠지. 저 녀석 때문에 우리가 얼마나 곤란했는데."

원래 수입 차를 파는 라인은 여러 가지였다. 하지만 성화에서 막대한 돈을 들여서 수입 라인을 독점하면서 사실상 수리 라인을 독점한 결과, 그들은 터무니없게 수리비를 올림으로써 막대한 이득을 취했다.

"망할 놈 같으니라고."

물론 친해질 수도 있었다. 아니, 친했다. 하지만 김석패가 자신의 후계자 구도를 위해 보험사들을 등쳐 먹기 시작하자 정작 보험 쪽 후계자들이 손해를 보기 시작해 결국 점점 후계자 구도에서 입지가 작아지고 있었다.

"이참에 저 녀석을 쳐 내야 한다고 생각해."

"맞아."

"동감이야."

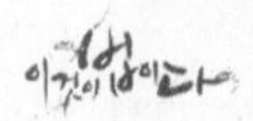

그동안 어떻게 할 수 없어 울며 겨자 먹기로 김석패에게 퍼 준 돈만 수십억이 넘는다. 그때마다 회사의 실적은 나빠졌고 결과적으로 자신들의 후계자 자리가 위험해졌다.

"그럼 결정된 거다?"

그들은 고개를 끄덕거렸다.

"어차피 이제는 같이 가지도 못해. 저 녀석의 성격, 알잖아?"

"그렇지."

김석패는 다른 재벌 집 자식들과 비슷하다. 그러다 보니 다들 그가 어떤 상대인지 너무나 잘 알고 있었다. 누군가 자신의 일에 방해된다고 생각하면 철저하게 적대시하면서 파멸시킨다. 그래야 자리를 지킬 수 있기 때문이다.

"어차피 오늘 일로 저 녀석은 우리한테 앙심을 품었을 거야."

그걸 나중에 이야기로 풀 수 있을까? 그럴 리 없다. 그의 성격을 봐서는 언젠가 그걸 풀기 위해 기회를 노릴 것이다.

"그냥 당해 줄 수는 없지."

"맞아."

하지만 그들도 그걸 알고 있었고 그걸 그냥 당해 줄 생각은 없었다.

어차피 같이 갈 수 없다. 이제 적이 되는 게 확실하다면 그들 역시 선택할 카드는 하나뿐이었다.

"석패 녀석을 찍어 내는 거다."

다들 고개를 끄덕거렸다.

“자네, 이것도 계획에 넣은 건가?”

“아니요. 솔직히 이건 생각하지 못했는데요?”

뉴스는 생각지도 못한 반가운 소식을 노형진과 대룡에 전해 주었다. 보험회사들이 일제히 일성자동차를 독과점 혐의로 경찰에 고발한 것이다.

“아니, 어째서?”

“글쎄요? 아마 내부적으로 틀어진 것이겠지요.”

“음…….”

유민택은 고개를 끄덕거렸다. 그도 재벌이다. 대충 상황이 어떻게 돌아가는지 모르지는 않는다.

“어떻게 된 건지 알 것 같군.”

“그렇지요?”

어찌 되었건 이건 생각하지도 못했던 일이다.

“그럼 어찌할 건가?”

“후후후, 어쩌긴요. 마무리를 지어야지요. 생각지도 못한 아군이 생겼으니까요. 하늘이 도와주는데 일을 완벽하게 처리해야 하지 않겠습니까?”

“하지만 일성을 망하게 한다고 바뀌는 건 없지 않을까 싶네만.”

일성은 비공식적인 성화의 계열사다. 따라서 그곳이 망한

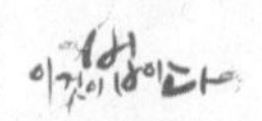

다고 해도 공식적으로 성화가 패한 게 아니라서 성화는 그다지 타격을 입지 않는다.

하지만 노형진의 생각은 달랐다.

"하지만 적을 줄일 수는 있지요."

"적을?"

"네, 어떻게 된 건지 회장님도 대충은 눈치채고 계시지 않습니까?"

유민택은 고개를 끄덕거렸다.

"하긴 우리에게는 큰 도움이 되지."

대룡이 성화에 비해 규모가 큰데도 불구하고 밀리는 건 후계자가 없기 때문이다. 그래서 동시에 여러 곳에서 복합적으로 성화를 공격하는 것이 쉽지 않았다.

"그리고 후계자 하나가 나가떨어지면……."

"우리를 공격하는 적도 하나 나가떨어지는 거지요. 후후후."

유민택과 노형진의 얼굴에 미소가 어리기 시작했다.

돈에 눈먼 자들

"이 배신자 새끼들."

김석패는 이를 뿌드득 갈았다.

친구들, 아니 친구들이라 생각했던 다른 재벌가 후계자들의 공격은 단순히 이용하지 않는 것 정도로 끝나지 않았다.

"날 고발해? 이 새끼들이 끝장을 보자 이거지!"

그동안 보험사들은 일성자동차의 독점적인 서비스로 인해 막대한 손해를 입었다면서 일성자동차를 고발했다.

물론 이건 형사처벌 대상은 아니다. 하지만 그들도 바보는 아닌지라 범죄가 아닌 독과점으로 고발한 것이다.

"망할 놈들."

물론 독과점은 맞다. 그래야 돈을 버니까.

문제는 기존에는 서로 암묵적인 룰에 의해 인정하던 걸 상황이 바뀌니 바로 안면 몰수 했다는 것이다.

“도대체 어떻게 된 거야!”

김석패는 어떻게든 소송을 막으려고 했다. 하지만 쉽지 않았다.

“죄송합니다. 저희도…….”

석패의 비서들은 진땀을 흘릴 수밖에 없었다.

“어떻게 해서든 무마시켜야 할 거 아냐!”

“무마할 수 있는 상황이 아닙니다.”

무마하는 것도 상대가 일반인이나 되어야 할 수 있는 거다. 그런데 상대방은 재벌가이며 그것도 여러 명이다. 이런 경우 법원이 어느 쪽을 편들어 줄지는 뻔하다.

“망할 새끼들!”

김석패는 이빨을 뿌드득 갈았다. 더욱 짜증 나는 것은 마음 한구석에서는 그 또한 이번 사태를 이해하고 있다는 것이다. 그도 똑같이 행동했을 테니까.

“당장 수리비를 낮춰.

“네?”

“당장 수리비를 낮추라고!”

지금이라도 늦었지만 일단 수리비를 낮춰야 자신이 살아남을 수 있다는 사실을 김석패는 직감적으로 느끼고 있었다. 성화가 있는 이상 과거처럼 고가 전략은 먹히지 않는다는 걸 알아챈 것이다.

"하지만 손해가……."

"손해가 중요해! 수리하러 오지 않을 게 뻔한데 비싼 가격 잡고 있을래?"

"아…… 아닙니다."

"수리비를 낮춰! 당장!"

"넵!"

후다닥 뛰어가는 비서를 보면서 김석패는 분노로 이빨을 갈았다.

"역시 낮추는군요."

손예은 변호사는 일성의 홈페이지를 보면서 무심하게 중얼거렸다.

"방법이 없으니까요. 약간도 아니고 그렇게 몇 배씩 차이가 나면 누가 거기 가서 수리하겠습니까?"

일반적인 소모품의 가격 차이는 세 배. 제일 비싼 부품은 무려 열 배에 가까운 차이가 나다 보니 사람들은 그곳에 가서 수리하지 않았다.

심지어 일성에서 산 사람들조차 이쪽으로 올 지경이었다. 그곳으로 가는 사람들은 보증기간이 남아 있는 사람들뿐.

"그나저나 노 변호사님은 이제 어떻게 하실 겁니까?"

"뭘 말입니까?"

"실질적으로 일성자동차는 끝난 것 같은데요?"

일성자동차는 수익이 나빠졌고 판매량도 급감했다. 그러다 보니 엄청나게 큰 타격을 입고 있었다.

"손 터실 생각인가요?"

"아직은 아닙니다."

"더 이상 변호사로서 할 일은 없는 것 같은데요?"

사업 계획에 대한 법률적인 조언 같은 것은 모르지만 이제 모든 것이 안착된 상황에서 변호사인 노형진과 손예은이 할 수 있는 것은 없는 것이나 마찬가지였다.

하지만 노형진이 일하는 스타일은 그런 게 아니었다.

"압니다. 하지만 그냥 두면 일성의 대표인 김석패는 후환이 될 겁니다."

"후환요?"

"네."

아무리 어쩌다 주워 먹은 자리라고 할지라도 사장의 이름을 가졌던 놈이다. 그 녀석이 계속 자리를 잡고 있으면 어느 순간 대룡에게 타격을 줄 수 있을지도 모르는 위치에 서게 될지도 모른다.

아무리 타이밍이 잘 맞았다고 해도 기업을 흥하게 했다는 건 실력이 아예 없지는 않다는 소리다. 무능한 재벌집 자제들 중에는 떠먹여 줘도 못 먹는 인간이 수두룩하니까. 그러니 이 녀석을 그 자리에 두면 나중에 상황이 좋아지지 않을 가능성이 높다.

"그리고 그런 녀석들은 보통 원한을 잊어버리지 않거든요."

"원한요?"

"네, 그러니까 손예은 변호사님도 조심하셔야 할 겁니다. 가끔 보면 원한을 가지고 보복하려는 놈들이 있습니다. 완전 안하무인이죠. 보통은 가진 놈들이 그렇지요."

"그런가요?"

"네, 그런 녀석들은 힘을 가지고 있으면 보복할 겁니다. 의뢰인과 우리의 안전을 위해서라도 그런 사람들은 완벽하게 몰락시키는 게 좋습니다."

"몰락이라."

어떻게 보면 무서운 말이다. 하지만 노형진은 세상을 좋게 말해 주고 싶은 생각은 없었다.

"실제로 보복당한 변호사들의 이야기는 많이 들어 보셨지요?"

"네."

고개를 끄덕거리는 손예은 변호사.

보복당한 변호사란 말 그대로 사건을 잘못 담당해서 인생이 파멸한 변호사들이다.

의뢰를 받아서 열심히 일했는데 상대방이 사회 지도층이거나 기타 권력을 가진 자일 경우 변호사는 그들에게 원한을

산다. 그래서 파멸당하는 것이다.

“그래서 개인 변호사들이 큰 사건을 맡지 못하는 거죠.”

“알고 있습니다.”

그런 일이 없을 것 같지만 의외로 빈번하게 벌어지며 변호사에게 복수하겠다고 그 변호사를 따라다니면서 백 번도 넘게 고소한 놈이 있을 정도로 미친놈도 존재했다.

“더군다나 김석패는 성화의 인물입니다. 아실지 모르지만 성화의 사람들이 여러모로 집요합니다. 그것도 안 좋은 방향으로 말입니다.”

“그렇기는 하지요.”

“결국 안전을 위해서는 김석패를 완전히 몰락시켜야 합니다.”

손예은은 고개를 갸웃했다.

물론 김석패가 그동안 매점매석을 이용한 나쁜 짓을 하기는 했지만 감옥에 갈 정도는 아니었기 때문이다.

설사 그렇다고 해도 그는 성화의 지도층이다. 즉, 지배자 계급. 일반적인 고발로 감옥에 갈 수가 없다.

“압니다. 하지만 다른 쪽에서 그에게서 힘을 빼앗으면 됩니다.”

“다른 쪽에서요?”

“네…… 후후후, 아마 성공할 겁니다. 주변에서 이렇게 많이 도와주는데 실패하겠습니까?”

손예은은 그저 고개를 갸웃할 수밖에 없었다.

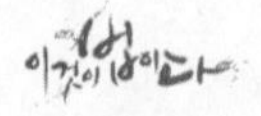

“결국 가장 안전한 건 그 녀석을 확실하게 탈락시키는 건데.”

대기업 경영자 집안은 일반 사람들과 달리 혈육의 정조차도 없는 집들이 많다. 대표적인 예가 회장의 사촌 동생이 죽었는데 아무도 안 찾아온 일이다.

상식적으로 회장의 사촌 동생이라는 건 전대 회장의 형제의 아들이라는 소리다. 일반적인 사람들의 상식으로는 그렇게 죽을 사람이 아닌 것이다.

하지만 그가 죽을 때 그의 형편은 돈이 없어서 라면을 외상으로 사다 먹어야 할 정도였으며 심지어 그가 죽고 나서 회사 관계자는 단 한 명도 오지 않았다. 심지어 사촌인 회장도 오지 않았다. 그가 후계 경쟁에서 밀리고 난 후 그와 엮이면 퇴출될까 두려웠던 것이다. 그게 후계자들의 운명이다.

‘도태된 자의 운명이라는 건가.’

노형진은 그런 것을 생각하면서 씁쓸하게 웃었다.

한번 도태된 후계자는 절대 들어오지 못한다. 다른 후계자들이 그렇게 두지 않는다. 혹시나 도와줘서 재기하면 바로 위협 거리가 되기 때문이다.

“그러니까 그 녀석을 후계자 자리에서 내치자는 건가?”

“그렇습니다. 그것도 확실하게 말입니다.”

“음…… 그건 쉬운 게 아닌데?”

"압니다."

아무리 피도 눈물도 없는 세계라고 하지만 아비 앞에서는 자식이다. 돈 때문에 형제를 버리는 건 쉬워도 돈 때문에 자식을 버리는 건 어렵다.

"그러니까 빠져나갈 수 없게 확실하게 묶어 놔야지요."

"하지만 어떻게?"

"사실은 제가 아는 게 좀 있습니다."

"어떤?"

"베어바겐의 비리죠."

"베어바겐?"

"네."

"거기는 독일 회사 아닌가?"

"맞습니다."

노형진이 생각하는 건 몇 년 후 터질 베어바겐 사태를 생각하고 있었다.

'아마 이때쯤이지?'

베어바겐은 상당 기간 기계를 조작해서 연비가 높은 것처럼 속여 왔다. 그리고 엄청난 공해 물질을 뿜어 대도록 만들었다.

'시기로 보면 지금쯤이 한창 벌어지고 있을 때란 말이지.'

베어바겐의 그러한 조작 행위는 지금쯤이 절정일 때다.

사건 기록에 따르면 그걸 시작한 것은 2년 전. 그리고 지난

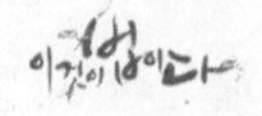

2년간 걸리지 않는 바람에 지금 수많은 차종에 그걸 적용하고 있었다.

'그리고 그쪽 계열사의 차종이 아마 엄청나게 팔렸지?'

한국들은 외제 차를 좋아한다. 하지만 상대적으로 비싼 가격 때문에 구입하지 못했다. 그런데 베어바겐은 상대적으로 싼 가격에 판매했기 때문에 외제 차 시장에서 엄청나게 성장했다. 이건 그 당시 들었던 수많은 이야기 중 하나. 그게 노형진에게는 가장 강력한 패였다.

"사실은 말입니다, 제가 재미있는 소문을 들었습니다. 뭐, 기밀이기는 한데 말입니다."

"기밀?"

"네."

"어떤?"

"사실은……."

노형진은 베어바겐사에서 벌어지는 추악한 사태에 대해 설명해 줬고, 그 말을 들은 유민택은 입을 쩍 벌렸다.

"그게 사실인가?"

"그렇습니다. 베어바겐사에서는 전략적으로 밀고 있지요."

"그래서 수입할 때 베어바겐 물건은 가지고 오지 말라고 한 건가?"

"네, 악성 재고가 될 게 뻔하니까요."

한번 이미지가 망가진 물건은 사람들이 쉽게 타지 않는다.

'뭐, 한국에서는 깎아 준다고 하니까 개나 소나 다 타기는 하지만.'

그것도 새 거일 때의 문제지, 중고일 때는 깎아 주면 자신들만 손해다.

"음…… 어쩐지 자네가 베어바겐사의 물건을 가지고 오지 말라고 해서 이상하게 생각하기는 했네만."

그곳은 거대한 회사다. 당연히 엄청난 재고를 가지고 있다. 그걸 알고 있었던 노형진이 절대로 가지고 오지 말라고 했던 것이다.

"좋은 조건이긴 한데 말이야……. 그게 무슨 의미가 있나?"

"의미가 있지요."

"뭐가 말인가?"

"현재 베어바겐의 한국 독점 수입사는 일성입니다. 그리고 한국의 독점 수리사 역시 일성이죠."

"그렇지."

다른 것은 다 대룡이 수리하지만 오로지 베어바겐 계열사들의 차만 수리하지 못한다. 아예 수입해 오지 않기 때문에 부품도 없다. 그래서 베어바겐 차주들에게 불만을 듣기도 했다.

"그런데 생각해 보세요. 그 차에 대해서 모르는데 그걸 어떻게 고칩니까?"

"……!"

유민택은 뭔가 알아챈 얼굴이었다.

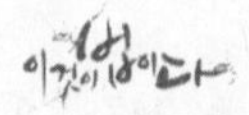

"그렇군. 내가 왜 그 생각을 못했지?"

차에 대해서 모르는 사람이 차를 고칠 수는 없다. 더군다나 해당 프로그램과 시스템은 엔진계 깊숙한 곳에 숨겨져 있다. 즉, 엔진이 고장 나는 경우 그 시스템을 모르면 엔진 수리는 꿈도 꾸지 못하는 것이다.

"아시겠습니까?"

"그럼 김석패는 그걸 알고 있다는 소리군."

"그렇지요. 제가 알기로는 작년에 한국에서 베어바겐 차가 10만 대 넘게 팔렸다고 들었는데요?"

"그렇겠지."

급속도로 성장한 외제 차 시장. 그 안에는 성장한 것은 최고가 브랜드가 아닌 베어바겐을 비롯한 중가 브랜드였다.

"하지만…… 그건 김석패가 만든 건 아니잖나?"

"네, 그가 만든 건 아니죠. 하지만 그는 자동차에 장난쳤다는 사실을 알 수밖에 없습니다."

"음……."

'뭐, 좋게 생각하자. 이참에 지구 환경을 구한다고 하면 되겠지.'

어찌 되었건 이번 사태로 베어바겐은 초장에 이런 짓거리를 못 할 테니 지구 환경에도 도움이 될 것이다.

"하지만 그게 가능할까? 기본적으로 이건 일성자동차의 실수가 아니라 베어바겐의 범죄잖나?"

"그렇지요. 하지만 사람들은 다르게 생각할 겁니다. 애초에 일성자동차는 베어바겐에서 그걸 알면서 수입해서 팔았지요. 그리고 사람들은 그걸 모르고 일성자동차에서 그쪽 계열사의 차들을 구입했고요."

"그래서?"

"이런 경우 구매자들은 일성에 손해배상이 가능합니다. 하지만 일성은 알고 사 왔으니 베어바겐 본사에 대해서 소송이나 구상권 청구를 할 수가 없지요."

"아!"

본사의 책임이기는 하지만 그걸 알면서 한국에 가져다 판 것은 일성자동차다.

"그리고 베어바겐에서 판 차량 중 일정 부분을 생각해서 5만 대라고 생각하면 한 대당 300만 원의 손해배상만 생각해도 일성자동차는 쓰러질 수밖에 없을 겁니다."

"그렇게 되면 김석패는 끝장나겠군. 후후후."

5만 대에 대한 손해배상만 생각해도 무려 1,500억이다. 그리고 차량의 값어치에 따라서 그 배상액은 더 늘어날 수도 있다.

"하지만 그렇게 사람들이 모일까요?"

손예은은 고개를 갸웃했다. 그럴 수밖에 없는 게 이런 사건이 있을 때마다 사람들이 뭉쳐서 소송하지만 그렇다고 많은 사람들이 신청하는 건 아니었기 때문이다.

"그래서 대룡이 필요한 겁니다."

"대룡요?"

"네, 사람들이 왜 집단소송에 그다지 많이 신청하지 않는 거라 생각합니까?"

"글쎄요……."

곰곰이 생각에 빠지는 손예은.

언론에 나갈 정도로 큰 뉴스니까 사람들이 몰라서 신청하지 않을 리 없다. 이번 사건 말고도 뭔가 집단소송을 할 때 피해자들은 몇만에서 몇십만인데 소송을 건 사람들은 천 명도 안 되는 경우가 흔하다. 그들이 몰라서 안 할까?

아니다. 그들은 다른 이유로 신청하지 않는 것이다. 그렇다면 다른 이유는 하나뿐.

"돈 때문이군요."

"네."

사람들이 소송하기 위해서는 돈이 필요하다. 당장 엄청난 액수의 소송인 만큼 변호사에게 주는 돈도 커야 한다. 문제는 그 돈은 선불이라는 것. 그리고 이겼을 때 변호사 비용을 낸 만큼 돌려받을 가능성이 확실하지 않다는 것도 문제였다.

"그리고 이럴 때 쓰라고 있는 곳이 한 곳 있지요."

노형진의 말에 유민택이 미소를 지었다.

"대룡평등재단 말인가?"

"네."

대룡평등재단.

소송 당사자가 돈이 없어서 소송을 못하는 경우 그 소송비를 내주는 재단으로 노형진이 피해자 구제를 위해 대룡과 만든 곳이다.

"그곳에서 소송비용을 전액 지원해 주고 대룡의 판매 라인을 이용해서 피해자를 모은다면 어떻게 될까요?"

"엄청나게 모이겠군요."

"맞습니다."

법원은 그런 걸 막기 위해 대기업들에게 꼼수를 부린다. 어떤 식이냐 하면 이런 소송이 들어오면 묶어서 판결하면서 판결 금액을 터무니없이 깎아 버리는 것이다.

가령 얼마 전 모 기업에서 고객의 개인 정보를 팔아먹었는데 그 개인 정보에 대한 손해배상으로 판결된 금액이 50만 원이었다. 문제는 그 소송을 위해 피해자들이 낸 돈은 무려 한 명당 100만 원 이라는 것이다.

"그런 식으로 재판부에서 장난치니까 우리가 집단소송을 하지 않는 겁니다."

"그렇지요. 하지만 대룡이 한다고 뭐가 바뀔까요?"

노형진이 피식 웃었다.

"전 소송한다고 했지, 집단소송을 한다고 한 적은 없습니다."

"네?"

손예은 변호사는 고개를 갸웃할 수밖에 없었다.

'뭐, 다 좋은데 말이지. 문제는 그가 알고 있다는 것을 확보해야 한단 말이야.'

이 계획은 다 좋은 심각한 문제가 있었다. 바로 저들이 베어바겐의 차들에 속임수가 있다는 사실을 알아야 한다는 것이다. 만일 몰랐다고 딱 잡아떼면 이쪽만 불리해진다.

바스락.

뭔가 부서지는 소리. 뒤에 따라오던 고문학은 움찔했다.

"쉿."

"죄송합니다."

고문학은 다시 조심스럽게 발걸음을 옮겨 앞쪽으로 향했다.

그렇게 얼마나 지났을까? 그들은 산 아래 보이는 건물을 보고 고개를 끄덕였다.

"일성자동차 공장이군요."

"그러네요."

일성자동차는 전국에 공장이 있지만 큰 차량 피해는 그런 곳에서 고칠 수가 없다. 특히 엔진 쪽 문제는 그런 곳에서 고치기 힘들다.

'어찌 보면 당연한 일이지.'

말로는 난이도를 이야기하지만 그런 비밀을 많이 알아 봐야 좋을 게 없기 때문에 모든 차량은 좀 떨어진 공장에서 수리하도록 되어 있다.

"들어가기는 힘들겠는데요?"

고문학은 산 아래 보이는 일성자동차 수리 공장을 보면서 얼굴을 찌푸렸다. 보안이 철저한 곳은 아니다. 그저 공장일 뿐이고 비싼 거라고는 무거운 자동차 부품밖에 없으니 도둑이 들 가능성이 거의 없어서다. 문제는 그곳이 스물네 시간 내내 돌아가면서 계속 자동차들을 고치고 있었다.

"저 안에 관련 증거가 있을까요?"

"있을 겁니다."

"확실합니까?"

"네."

일반적인 프로그램이 아닌 만큼 그 프로그램으로 인해 일어나는 사고나 문제는 일반적인 방식으로 처리하기가 힘들다. 일반적인 자동차 기술을 배운 사람들이 이해하지 못하기 때문이다.

"그렇다면 두 가지 방법뿐이지요. 하나는 본사에서 사람을 보내든가 이쪽에 매뉴얼을 보내든가."

하지만 사람을 보낼 가능성은 낮다. 일단 이 일은 본사에서도 비밀리에 벌어진 일이다. 엔진 계통의 사람들 중 몇몇만 알고 있는 일인 것이다. 그런 상황에서 다른 나라에 본사에서 사람을 보냈다고 엔진 수리를 그들에게만 맡길 수는 없다. 숫자도 부족하거니와 눈에 확 뜨일 것이 뻔하니까.

"그걸 가지고 와야지요."

"메뉴얼이라……. 하지만 이렇게 사람이 많아서 어디 들어가겠습니까?"

차라리 밤에 닫는 곳이라면 어떻게든 해 보겠는데 이건 방법이 없었다.

"그래서 제가 미리 준비한 거 아니겠습니까? 후후후."

노형진은 가방을 벗어서 뭔가를 꺼내 들었다.

"아마 이때쯤이면 다들 제 위치에 있을 겁니다."

노형진은 그렇게 말하면서 시계를 바라보았다.

"그럼 시작해 볼까요?"

⚖

소강호는 다른 사람들의 인사를 받으면서 안으로 들어갔다.

"오셨어요?"

"오냐."

그는 베어바겐 수리부 과장으로 엔진부를 담당하고 있었다.

"문제는?"

"없었습니다."

"그렇지?"

그가 인사받고 지나가자 다른 직원들은 얼굴을 찌푸렸다.

"야, 도대체 왜 회사에서는 저런 녀석을 잡고 있는 거야?"

"글쎄."

그의 인성이나 실력이 좋은 것도 아니다. 그런데 회사에서는 이상하게 베어바겐 사람들, 그것도 유독 엔진부 사람들에 신경 쓰고 있었다.

"아니, 애초에 엔진부라니 말이 되냐고."

"내 말이."

보통 차량은 회사별로 구분되어 작업한다. 그런데 이상하게 베어바겐만 회사 수리 내부에 엔진부라는 특수한 부서를 따로 설치해서 운영했다.

"지난번에 들어 보니까 그쪽이 우리보다 월급 두 배는 받는 것 같더라."

"진짜? 에이, 더러워서 진짜. 퉤."

직원들은 툴툴거리면서 다시 각자의 근무처로 가려고 했다. 그 순간 바깥에서 들려온 목소리는 그들의 발걸음을 바깥으로 향하게 했다.

"불이야!"

"불?"

"뭐? 불?"

헐레벌떡 바깥으로 나간 사람들은 자신들을 둘러싸고 있는 산에서 붉게 솟아나는 빛을 보고 입을 쩍 벌렸다.

"뭐야? 진짜 불이잖아!"

"아니, 웬 불이?"

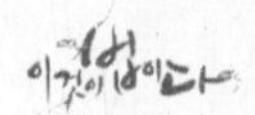

다들 웅성거리는 그때 한 남자가 서둘러 나오는 것이 보였다.

"뭐야! 왜 도망가지 않는 거야?"

"도망? 웬 도망?"

"여기는 산속이라고! 여기 있다가는 불에 타 죽을 거야!"

"응?"

사람들은 아차 싶었다. 일성에서 공장을 싼 곳에 짓기 위해 구한 자리가 이곳이었다. 뒤쪽과 양옆은 산이고 앞쪽에만 도로가 있는 구조였다.

"저쪽에도 불이다!"

입구 쪽을 바라본 사람들은 그제야 일이 심각하다는 사실을 알아차렸다. 입구 쪽에서도 붉은 기운이 어른어른 피어오르기 시작했던 것이다.

"이러다가는 불에 포위당해서 타 죽는다고!"

"이런 씨발."

사람들은 당황해서 허둥거리기 시작했다. 그때 봉고 한 대가 그들 앞에 서서 문을 열었다.

"빨리 타!"

"이건?"

"오늘 입고된 거야. 범퍼가 깨지기는 했는데 차는 멀쩡하니까 빨리 가자."

"뭐?"

"걸어갈 거야, 그럼?"

사색이 되는 직원들. 이들이 언제나 회사 버스로 출퇴근을 한다. 그런데 회사 버스는 지금 주간 근무자를 태우러 나간 상황. 그런 상황에서 움직일 수 있는 차는 얼마 되지 않았다. 사람은 많은데 차가 부족하면 누군가는 걸어가야 한다.

"킁킁? 이거 무슨 냄새야?"

그와 동시에 풍기는 매캐한 냄새.

"불이 여기까지 오나 보다. 이크."

부르릉.

봉고가 시동을 걸자 사람들은 다급하게 봉고로 밀려들었다.

"기다려!"

"야! 혼자 가지 마!"

"으아아!"

서로 먼저 차에 타기 위해 버둥대는 사람들. 하지만 작은 봉고는 순식간에 꽉 찼고 사람들은 반의반도 타지 못했다.

"다른 차를 찾아봐!"

"이런 싸앙!"

사람들은 다급하게 움직일 수 있는 차를 찾기 시작했다. 수리가 덜되었더라도 움직일 수만 있다면 수리소에서 끌어내서 우격다짐으로 타고는 다급하게 내빼기 시작했다.

"불이다!"

그러는 사이 바로 뒤까지 온 화광. 빛은 한층 더 강해져 있었다.

"어서 가!"

"밟아! 밟아!"

사람들이 아우성을 지르면서 그곳을 벗어난 지 10분 후 산 속에서는 노형진과 고문학이 털레털레 나왔다.

"걸리네요?"

"걸리죠. 후후후."

노형진은 붉은색 조명등과 발연탄을 이용해서 불이 난 것처럼 꾸몄고, 적당히 섞어 둔 사람들이 마치 직원인 것처럼 그들을 선동해서 한꺼번에 끌고 나갔다.

"아마 한 시간 동안은 오지 않을 겁니다."

"그렇겠지요."

이대로 달려서 가장 가까운 마을로 가겠지만 가장 가까운 마을은 30분 거리다. 그러니 그곳에서 바로 온다고 해도 한 시간은 걸린다.

"이거 난장판이네요."

고문학은 완전히 난장판이 회사를 바라보면서 혀를 찼다. 급하게 도망가느라고 사방에 기름이 쏟아지고 정리되지 않은 상황이었다. 만일 진짜 불이었다면 큰일 날 뻔했을 정도였다.

"그나저나 어디에 있을까요?"

"제가 봐서는……."

노형진은 공장을 살피다가 한 곳을 바라보았다. 베어바겐 수리소였다. 그리고 그곳에 있는 '엔진부'라는 팻말.

"아마 저기겠군요."

"저기요?"

"저기 말고는 엔진부라는 곳이 없지 않습니까?"

"아!"

더군다나 엔진부는 다른 곳과 다르게 옆에 '엔진부 사무실'이라는 공간이 따로 있었다. 휴게실을 함께 쓰는 것에 비하면 엄청난 특혜다.

"문은 안 잠겼네요."

고문학은 수술용 고무장갑을 끼고는 문을 슬쩍 밀었다. 그러자 끼익 소리와 함께 열리는 문.

"잠글 시간이 있었겠습니까?"

노형진은 그곳으로 들어갔다. 다른 곳과 다를 바 없는 휴게실이었다. 딱 하나 다른 점은 벽 쪽에 있는 책상 뒤에 있는 금고였다.

"이건……."

노형진은 그걸 보고 얼굴을 찌푸렸다.

"열쇠 형식이군요."

노형진이 아무리 사이코메트리 능력이 있다고 해도 번호키 방식도 아닌 열쇠 방식을 열 수는 없다.

"흠."

고문학은 금고를 보더니 안쪽에서 뭔가를 꺼내 들었다.

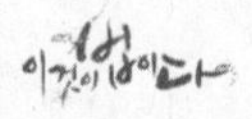

"그건?"

"그냥 한때의 취미라고 생각해 주시죠."

히죽 웃는 고문학의 얼굴에는 장난기가 가득했다.

"취미치고는 좀 고약한데요?"

"하하하."

그가 꺼낸 것은 다름 아닌 금고를 딸 때 쓰는 장비였던 것이다.

"혹시나 해서 가지고 왔습니다."

"혹시나?"

"그런 걸 아무나 볼 수 있는 선반에 두지는 않을 것 같아서요."

"하긴 그러네요."

혹시나 선반에 뒀다가 누가 가지고 가면 일이 커질 테니 말이다.

"그럼 시작해 볼까요? 그나마 다행이군요. 독일제 열쇠가 아니라서 말입니다. 독일제였으면 대책 없는데요."

"그래요?"

"독일제가 끝내주지 않습니까? 아예 열쇠 형태가 다릅니다. 독일제 금고는 이걸로 못 엽니다."

"하지만 베어바겐도 독일제인데요."

"그런가요?"

그렇게 이야기하는 사이 딸깍 소리와 함께 열리는 금고.

고문학은 그 금고 문을 당기고 그 안에서 제법 두툼한 책 뭉치를 꺼내 들었다.

"이건가요?"

"글쎄요……."

노형진은 그걸 열어 보기는 했지만 알 수는 없었다. 엔진에 대해 잘 아는 사람이 아닌데 어떻게 알겠는가? 일반인은 봐도 모를 수밖에 없었다.

"하지만 이건 확실하게 알 수 있네요."

노형진은 맨 뒤를 고문학에게 보여 줬다.

"이건 가지고 갈 만한 물건이라는 거 말입니다."

책의 맨 뒤에 쓰여 있는 경고 문구.

경고 : 절대 유출하지 말 것. 사람이 있는 곳에서도 꺼내지 말 것. 경찰 기타 정부 관련 업체나 소비자 업체 등에 손에 들어갈 가능성이 있는 경우 즉시 소각하여 폐기할 것.

그걸 보는 고문학은 뭔가 확신한 얼굴이었다.

"빙고인 것 같군요 후후후."

그렇게 가장 확실한 증거가 노형진의 손에 들어왔다.

저기요, 너네가 그러면 쓰나요

"이걸 어디에 터트릴 건가? 국내에?"

유민택은 자신의 앞에 있는 걸 보면서 심각하게 물었다.

이미 전문가를 불러서 이 책에 대한 판단은 끝났다.

아니나 다를까, 해당 회사 차량 엔진에 대한 설명서, 즉 불법 프로그램에 대한 설명서였다.

"글쎄요. 터트려 봐야 별로 효과가 없을 것 같은데요?"

"그런가?"

"아무래도 알게 모르게 우리나라 기업들은 성화 편을 들어주고 있지 않습니까?"

"그거야 그렇지."

성화는 다른 것은 몰라도 그런 관리는 무척이나 잘하는 편이다.

그래서 기자들에게도 막대한 뇌물을 준다. 알게 모르게 성화 편을 들어 주게 하기 위해서 말이다.

“아마 슬쩍 올려 주고 말 겁니다.”

“그런가?”

“네.”

터트린다는 건 단순히 신문에 올려 준다는 게 아니다.

1면과 21면은 사람들이 보는 빈도가 다르다.

이런 걸 준다고 해도 21면에 올려 버리면 소리 소문 없이 사라질 것이다.

“하긴 언론사들이 그런 짓을 하는 경우가 많지.”

보통 사건을 감추기 위해 기사를 뒤에 배치하고 작게 쓴다. 그래야 사람들이 보지 못하니까.

아니면 눈에 잘 보이는 큰 사건 아래에 작은 사건을 배치한다. 그 후에 큰 사건이 뒤로 넘어가게 하면 사람들은 큰 사건을 보다가 그 작은 사건은 보지 못하고 페이지를 넘기게 되는 것이다.

“그러니까 제대로 하려면 아무래도 해외 쪽에 줘야지요. 어차피 해외 기업이 연관된 곳이니까요.”

“그럼 어디? 아는 곳이 있나?”

“네, 적당한 곳이 있습니다. 그들은 아주아주 좋아할 겁니다. 후후후.”

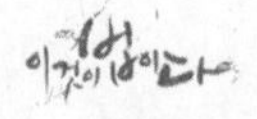

⚖

딘컨자동차그룹.

미국의 최대 자동차 그룹이자 미국 자동차의 자존심이라 할 수 있는 곳이다. 그곳은 자존심이라고 할 수 있는 곳이었다고 불리는 이유는 요즘은 다른 곳도 아닌 미국에서조차 밀리고 있기 때문이다.

"한국이라니……."

존 윈스턴은 암울한 얼굴로 사무실 창 바깥을 바라보았다.

"후우."

그는 미국에서 잘나가는 사람이었다. 하지만 파워 게임에서 밀리면서 한국 지점으로 밀려났다.

"젠장!"

물론 한국은 작은 시장은 아니다. 그렇다 해도 그들에게 호의적인 시장도 아니다.

"한국이라니……. 그만둬야 하나."

한국은 유독 독일계와 일본계 기업에 대한 충성도가 높은 편이다. 그래서 미국계 자동차인 딘컨그룹은 한 해 4천 대 정도밖에 못 파는 아주 작은 시장이었다.

"망할."

그런 곳에 지사장으로 자신을 보냈다는 것은 말 그대로 좌천되었다는 뜻이다. 지사장이라곤 하지만 팔리는 게 고작 수

천 대밖에 안 되는 이 시장에서 그가 할 수 있는 것은 없었다.
"윈스턴 지사장님, 우편물 왔습니다."
"두고 가세요."
비서는 창밖을 보는 그를 보고 한숨을 푹 쉬었다. 그럴 수밖에 없다. 지금까지 한국에 온 많은 지사장들이 보여 준 모습이니까.
"네."
꾸벅 인사하고 나가는 비서.
"하아."
윈스턴은 한숨을 쉬면서 몸을 돌려서 편지 봉투를 열었다. 이것저것 많은 것들이 있었지만 딱히 중요한 것은 없어 보였다.
"응? 이건 뭐지?"
그는 봉투를 정리하다가 다른 것과 다른 봉투를 발견했다. 기업 봉투도, 국제 봉투도 아닌 한국에서 흔하게 쓰는 하얀색 편지 봉투.
"이런 건 보낼 데가 없는데."
이런 건 보통 개인적으로 쓴다. 한국에 온 지 얼마 안 돼서 이런 걸 받을 이유가 없었던 그는 무심결에 그걸 열었다.
"뭐야?"
그 안에 들어 있는 내용물은 뭔가를 복사한 듯한 네 장의 종이었다.
"뭐 이런 걸 보낸 거야?"

두 장은 원본의 복사본인 듯했고 다른 두 장은 그 복사본을 영어로 번역한 물건인 듯했다.

"이게 뭔데?"

그는 호기심에 그걸 읽기 시작했다. 어차피 할 일은 없었기 때문이다. 하지만 그걸 읽을수록 점점 온몸이 와들와들 떨리고 식은땀이 절로 났다.

"지사장님, 회의 시간이 되었습니다만……."

"취소하세요."

"네?"

"취소하세요, 모두 다. 오늘 약속 다 취소하세요."

"네?"

"그냥 하라면 하세요. 중요한 사건이 터졌으니까."

"네…… 알겠습니다."

비서는 그런 윈스턴을 보다가 어깨를 으쓱하고는 다시 나갔다.

윈스턴은 그 복사본과 번역본을 보면서 머리를 굴리려고 노력했다. 그만큼 중요하다는 걸 느낄 수 있었기 때문이다.

'자동차 불법 프로그램? 거기에다가 베어바겐이라고?'

베어바겐. 독일계 기업으로 미국에서 자신들을 밀어내고 있는 세계에서 가장 큰 자동차 기업 중 하나.

"이건…… 기회야……."

안 그래도 베어바겐을 이기기 위해 딘컨에서는 별의별 수를

다 쓰고 있었다. 하지만 방법이 없었다. 그런데 이런 게 오다니.

"아아……."

문제는 이게 베어바겐 것이라 추정할 수는 있지만 확실한 건 아니라는 것이다. 누군지 모르지만 미끼만 던진 것이다.

"이것만 있으면……."

이것만 있으면 미국 내에 들어온 베어바겐에 치명타를 입힐 수 있다. 그렇다면 딘컨은 다시 일어날 수 있다.

'그리고 그걸 가지고 간다면…….'

자신을 밀어낸 다른 녀석들과는 비교할 수 없을 정도로 자신은 승승장구할 수 있다. 이 망할 한국에 그들을 처박아 버릴 수도 있다.

'아니지. 망할 한국은 아니지.'

기회가 왔다는 생각에 지금까지와는 다르게 한국에 대한 좋은 기분이 들 정도였다.

'그나저나 이걸 어떻게 달라고 하지?'

이것만 보냈다는 것은 다름 아닌 뭔가를 요구한다는 것. 그리고 이런 경우에는 무조건 돈이었다.

"비서관."

"네?"

"혹시 모르니까 우리가 가용할 수 있는 전액을 현금으로 준비해 놔요."

"네?"

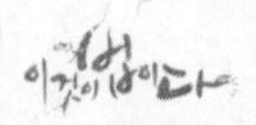

"시키는 대로 하세요."

그는 전화를 끊자마자 종이에 적혀 있는 임시 메일로 한 글자 한 글자 조심스럽게 글을 쓰기 시작했다.

따뜻한 햇살.

존 윈스턴은 한국의 따뜻한 태양을 즐기고 있었다.

'좋다.'

얼마 전까지만 해도 짜증의 극치를 불러오던 한국의 덥고 후덥지근하고 끈끈한 날씨가 마치 봄날의 그것처럼 좋게 느껴지는 건 기분 탓일지도 모른다. 하지만 상관없었다. 원하는 것을 손에 넣을 수만 있다면 혹한의 추위도 아마 봄 날씨처럼 느껴지리라.

"윈스턴 씨?"

갑작 등 뒤에서 들리는 목소리. 윈스턴은 자신도 모르게 고개를 돌리려다가 이어서 들리는 말에 멈췄다.

"고개를 돌리면 계약은 없습니다."

"아……."

딱딱하게 굳어 버리는 윈스턴.

그렇게 두 사람은 마치 영화에서처럼 서로 등을 맞대고 이야기를 나누기 시작했다.

"보셨지요?"

"네, 그걸 제게 넘기고 싶으신 건가요?"

하지만 상대방은 그렇게 만만한 게 아닌 듯했다.

"그럴 리가요. 제가 그걸 들고 나오려면 목숨을 걸어야 합니다."

"음……."

그제야 윈스턴은 코에 익숙한 냄새가 들어왔다.

'자동차의 기름 냄새. 직원이군.'

이런 서류를 가지고 있는 사람이라면 내부 고발자일 가능성이 높다. 그리고 그걸 가지고 왔다는 소리는 뭔가 필요해서 그랬다는 것. 그가 정의를 위해서 고발하기 위해 가지고 온 거라면 그를 찾아올 리 없으니 남은 것은 하나뿐.

"얼마나 원하십니까?"

"50억."

윈스턴은 얼굴을 찡그렸다.

"작은 돈은 아닌데요?"

"그만한 가치는 있을 거라 생각하는데요?"

"한국에서 팔리는 양은 고작 3천 대 정도입니다."

"한국이야 그렇지요. 하지만 본사는 다를 텐데요? 저도 기름밥 먹고 사는 놈입니다."

"음……."

윈스턴은 고민에 빠졌다. 50억……. 적은 돈이 아니다.

'젠장…… 20억 정도는 만들어 놨는데.'

부족한 것은 30억.

"좀 깎아 주시죠."

"안 됩니다. 저도 오래는 못 있습니다. 점심시간이 끝나가요. 먼저 일어나겠습니다."

상대방이 일어나려고 하자 윈스턴은 하마터면 고개를 돌릴 뻔했다.

"잠시만요. 50억 드리죠."

상대방은 멈춰 서서 다시 자리에 앉았다.

"현금으로 주십시오."

"하지만 양이 많아질 텐데요?"

"차를 빌리시면 되지 않습니까? 어차피 제가 돈만 빼 가면 렌터카는 알아서 가지고 가니까요."

윈스턴은 고개를 끄덕거렸다.

"믿어도 됩니까?"

"네."

"그럼 일주일 뒤에 여기서 같은 시간에 뵙죠."

윈스턴은 먼저 일어나 성큼성큼 그곳을 벗어났다.

남자 역시 윈스턴이 사라지고 나서야 일어나서 좀 떨어진 차 안으로 들어갔다. 그리고 입고 있던 옷을 훌훌 벗기 시작했다.

"노 변호사님, 전 여자입니다만?"

"어때요. 그냥 작업복인데. 안에 다른 옷 입고 있습니다."

노형진은 벗어 둔 작업복을 구겨서 종이봉투에 넣고 봉했다.

"그냥 주면 되는 걸 왜 이런 고생을 하시는지 모르겠네요."

손예은은 노형진의 행동이 이해가 가지 않았다. 이걸 건네주면 그는 미국에 터트릴 것이다. 그럼 계획은 성공한다. 그런데 노형진은 굳이 돈을 받아야 한다며 이런 복잡한 계획을 짠 것이다.

"첫째, 돈이 있으면 좋으니까요."

"이미 한국 최고 부자 중 한 명이시잖습니까?"

"그래도 돈은 많은 게 좋습니다. 제가 쓰지 않는다 해도 말이죠. 슬프지만 돈은 배신하지 않는다. 그게 정답이거든요."

손예은은 신기한 것을 본다는 표정이 되었다. 노형진의 이런 속물적인 모습은 처음이었기 때문이다.

"왜요? 신기합니까? 제가 너무 속물근성이 넘쳐서?"

"솔직히 그렇습니다."

"하하, 그런 겁니다. 다만 때를 봐 가면서 속물근성을 부릴 뿐이지요. 아무 때나 부리면 그놈은 사기꾼일 뿐입니다."

"결국 돈 때문에 하시는 겁니까?"

"아니요. 그건 이유 중 하나입니다."

노형진은 옷을 뒷좌석에 던지고는 시동을 걸고 그곳을 벗어나기 시작했다.

"둘째는 가치 때문이죠."

"가치?"

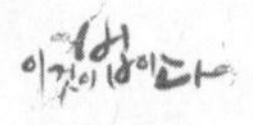

“인간은 모든 물건에 가치를 부여합니다. 그래서 비싸게 산 물건일수록 더 잘 사용하고 싶어 하지요. 그런 말, 들어 보셨습니까? 똑같은 음식인데도 비싼 게 더 맛있다는.”

“그런가요?”

“네, 심리적인 방어기제입니다. 즉, 가치가 부여되는 걸 더 높게 판단한다는 거죠.”

“그럼?”

“돈을 주지 않고 그걸 얻으면 공격에 쓰기야 하겠지요. 하지만 적극성은 떨어질 겁니다. 하지만 돈을 주고 그걸 사면 그 가치 이상을 뽑아내려 하겠지요.”

“그래서 그렇게 비싸게 부른 겁니까?”

“네.”

사실 손예은은 한 10억 정도 부를 거라 생각했다. 그런데 노형진이 부른 가격은 무려 50억.

“그래야 본사의 돈을 가지고 오니까요.”

“본사의 돈?”

“본사가 알아야 합니다. 그리고 본사의 돈을 가지고 와야 본사에서 그 가치를 높게 판단하죠.”

“이해했습니다.”

그 이후에는 본사에서 그걸 가지고 가치 이상을 뽑아내기 위해 엄청나게 노력할 것이다.

“그때 우리는 떡이나 먹으면 됩니다. 후후후.”

"글쎄요. 떡치고는…… 좀 비싸군요."

손예은은 그렇게 말하면서 무심하게 창 바깥을 바라보았다.

"여기 있습니다."

일주일 뒤. 같은 곳에서 존 윈스턴은 자동차 키를 넘겨주고 책을 넘겨받았다.

"속이신 건 아니죠?"

"아니오. 가면 현금이 있을 거요."

"알겠습니다."

"잠시만 기다리시오!"

존 윈스턴은 그냥 보낼 수가 없었다. 그가 바로 옆에 있는 사람에게 책을 건네자 그 사람은 그걸 굳은 얼굴로 살피기 시작했다.

'제발…… 사기가 아니기를…….'

그는 본사에서 보내온 엔지니어다. 확실하게 확인하기 위해 파견된 것이다.

'제발…….'

한국 지사의 돈 20억과 본사의 돈 30억을 쏟아부은 일이다. 만일 이게 사기면 여기서 잡는다고 해도 그의 미래는 시궁창이 된다. 해고당하는 것이다.

“어떤가?”

말하지 않고 책장만 넘기는 엔지니어에게 존 윈스턴은 다급하게 물었다. 그러자 엔지니어는 그 책을 덮었다. 다행히 그는 재미 교포 2세라 한국말을 읽을 줄 알았다.

“맞습니다.”

“맞다고?”

“네, 엔진에 어떤 식으로 장난쳤는지 다 나와 있군요. 이거라면 치명타를 먹일 수 있을 겁니다.”

존 윈스턴은 얼굴이 환해졌다. 이제 자신의 미래는 밝아질 일만 남았다.

“더 이상…… 만날 일은 없겠군요.”

노형진은 모자를 눌러쓰고 작업복의 깃을 세웠다. 그리고 그곳을 떠났다. 그가 떠나든 말든 그 둘은 책을 챙겨서 후다닥 뛰었다. 혹시나 누군가 와서 그 책을 빼앗을까 걱정되었던 것이다.

부아아앙.

멀어지는 자동차.

노형진은 그들이 떠난 것을 확인한 후에 렌터카를 몰고 안전한 곳으로 가서 그곳에 실려 있는 현금 뭉치를 자신의 차로 옮겼다.

“엄청나군요.”

손예은조차 얼굴색이 변할 정도로 그 양은 많았다. 5만 원짜리가 상자에 꽉꽉 눌려 담겨 있었던 것이다.

"뭐, 우리야 땡큐지요."

"이 돈으로 뭐하실 겁니까?"

"일단 변호사들을 지원할 겁니다. 직원들에게 보너스도 좀 주고요."

"네?"

손예은은 솔직히 이 돈을 노형진이 가질 거라 생각했다. 자신이 봐도 욕심이 나는 돈이다. 50억이라는 돈은 말이다. 그런데 보너스와 지원이라니?

"어차피 전 한국에서 알아주는 갑부 아닌가요?"

"음…… 그렇기는 하죠."

정확하게 일주일 전에 자신이 비꼬기 위해서 했던 말이 그냥 돌아오자 손예은은 머쓱해졌다.

"어차피 이번 소송은 우리가 대행할 겁니다. 대룡에서 일부 소송비를 지원하겠지만 솔직히 일거리의 규모에 비해 대룡에서 주는 돈은 터무니없이 적지요."

"그럼?"

노형진은 돈이 든 상자를 탁탁 두들겼다.

"이건 변호사 비용입니다, 후후후. 뭐, 전혀 엉뚱한 사람이 내기는 했지만 어떻습니까? 돈만 벌면 그만이지."

전혀 엉뚱한 데서 나오는 노형진의 속물근성. 하지만 그게 끝이 아니었다.

"흠, 그래도…… 이거 내가 번 건데."

"얼마 가지고 가실 생각입니까?"

"그건 아니고…… 이 근처에 한우 잘하는 곳 있는데 먹으러 갈까요?"

손예은은 노형진을 묘한 표정으로 바라볼 수밖에 없었다. 참으로 묘한 속물근성이었던 것이다.

⚖

얼마 후 미국에 있는 유수의 언론은 동시에 엄청난 뉴스를 터트렸다. 베어바겐의 차량 조작 의혹에 대해서 말이다.

그리고 그 증거로 베어바겐에서 수리할 때 해당 프로그램과 부품에 대해 어떻게 수리해야 하는 건지 설명한 안내서가 들어가 있었다. 그 안내서는 한국어로 되어 있었고 해당 프로그램의 효과와 비상시 대처 방안, 수리 방법 등이 적혀 있었다.

안 그래도 독일 차량에 밀려서 판매량이 적어지고 있던 미국과 일본 등 자동차 기업들은 이 점을 적극적으로 홍보하고 일을 키우기 위해 엄청난 돈을 정치권과 언론계에 뿌리고 있었다. 그 때문에 매일같이 그 뉴스가 신문 1면을 장식하고 있었고 그건 한국도 마찬가지였다. 아니, 한국은 더 난리였다.

"이런 나쁜 새끼들."

"이걸 알면서도 수입했다는 거야?"

사람들이 광분하는 이유. 그건 다름 아닌 이 사태에 대해 일성이 알고 있었다는 것이다.

일성자동차. 한국에서 유일하게 베어바겐 차의 수입과 수리를 할 수 있는 유일한 기업. 그런데 이번 사태를 촉발한 설명서는 한국어로 되어 있었다. 결과적으로 이번 일을 알면서도 수입했다는 걸 감출 수가 없었던 것이다. 일성자동차와 김석패는 절대 아니라고 딱 잡아떼고 있었지만 애초에 영어도 도 아니고 한국어로 된 설명서를 쓸 나라는 하나뿐인 데다가 그걸 가진 곳도 한 곳뿐이다. 그야말로 빼도 박도 못할 증거였다.

"이게 어떻게 된 거야!"

김석패는 어떻게든 사태를 수습하기 위해 사방으로 뛰어다녔지만 어떻게 수습할 수가 없었다. 일성의 인지도는 바닥으로 떨어졌고 사람들의 불만은 극한으로 치달았다. 하지만 일단 한국 사람들의 불만은 문제가 아니었다.

사실 김석패가 봤을 때 사람들의 불만은 그저 지나가는 소나기에 지나지 않았다. 한국 사람들의 양철 냄비 같은 근성을 모르지 않았던 것이다. 정작 무서운 일은 생각지도 못한 존재가 일으켰다.

"계약을 어기셨군요."

"저기…… 그게 고의가 아니고 말입니다."

김석패는 앞에 있는 남자를 보면서 땀을 삐질삐질 흘리고 있었다.

베어바겐의 아시아 담당 지부장. 그는 분노한 얼굴로 김석패를 바라보았다.

"저기, 그게 아니라 말입니다. 우리도 어떻게 유출된 건지…… 조사 중입니다만……."

"조사는 그쪽에서 알아서 할 일이고 계약 조건은 잊지 않았지요?"

"그게……."

"그쪽에서 약속을 어겼으니 계약대로 하겠습니다."

"네? 하지만 그러면 우리는 망합니다!"

이들이 베어바겐과 거래할 때 제시한 조건이 두 가지가 있었다. 첫째, 기밀을 지킬 것. 둘째, 기밀이 새어 나갈 경우 수리비와 리콜비 전액 한국의 일성이 감당할 것.

"애초에 관리하지 못하셨으면 그 책임을 지셔야지요. 안 그렇습니까?"

"하지만 지사장님, 우리는 억울합니다!"

"당신만 억울한 거 아닙니다. 우리는 지금 어떤 상황인지 아십니까?"

전 세계 자동차 회사들마다 죄다 그들의 차를 검사하고 연구소마다 검사하고 있다. 아이러니하게도 그곳에서 차를 사는 상황이어서 매출이 늘어날 지경이었다. 그들이 차가 좋아서 살 리 없다. 분명 실험을 통해 비밀 프로그램에 알아내기 위해 하는 것이리라.

“어찌 되었건 우리는 이 책임을 당신들한테 물을 수밖에 없습니다.”

“그게 무슨 말씀이십니까?”

“계약을 해지해야지요. 당신들이 제대로 관리하지 못해서 우리가 막대한 피해를 입지 않았습니까?”

“헉!”

김석패의 얼굴이 새파랗게 변했다.

“그럼 수리는요!”

“알 바 아니지요.”

“네?”

“어차피 수리와 리콜 비용은 당신들이 담당해야 하는 겁니다. 계약서를 못 보셨습니까?”

“……!”

“더 이상 긴말하지 않겠습니다. 지금 나가 있는 부품을 제외한 추가적인 부품 공급은 없을 겁니다.”

“네? 그럼 리콜은 어떻게 하고 수리는 어떻게 하라는 겁니까!”

“내 알 바 아니지요.”

아시아 지부장은 코웃음으로 선을 그었다. 더 이상 말할 이유도 없었다.

“그럼 그렇게 아십시오. 전 그 말을 전하러 온 겁니다.”

그렇게 말한 그가 바깥으로 나가자 김석패는 그런 그를 말리지 못한 채 멍하니 그가 나간 문을 바라보았다.

도태된 자의 말로

계약 파기와 부품 수입 금지.

그 일 때문에 일성이 엄청난 타격을 입고 있을 때 노형진은 유민택과 함께 다음 작전을 실행하고 있었다.

"엄청나군."

"한국과 다르니까요."

물론 사실 한국에서는 순정 부품이 아니더라도 수리하는 데에 쓸 수 있지만 문제가 생기면 기업이 그걸 핑계로 책임을 떠넘기는 버릇이 있어 시장이 잘 성장하지 않는다.

하지만 해외는 한국과 다르게 순정 부품이 아니더라도 수리에 쓸 수 있다. 그래서 여러 가지 순정이 아닌 부품들이 많다.

"이렇게 하면 사람들은 어쩔 수 없이 이쪽으로 올 수밖에 없지요."

일성이 거래를 박탈당하고 난 후 사람들은 차를 수리할 곳을 찾아 허덕이기 시작했다.

하지만 일성이 가진 부품은 턱없이 부족했고 대기 시간만 6개월이라는 말도 안 되는 사태가 벌어지기까지 했다.

"결국은 이쪽으로 오게 되어 있지요."

그에 반해 이쪽은 순정이 아니긴 하나 일단은 필요한 부품이 있는 상황.

사실상 못 끌게 될 상황인 만큼 사람들은 어쩔 수 없이 대룡으로 올 수밖에 없었다.

"그리고 그때부터 우리의 공격이 시작되는 겁니다."

노형진은 이제 모든 것을 마무리할 시점이라는 것을 느꼈다.

"무슨 수리비가 이렇게 비싸요?"

사람들은 놀랄 수밖에 없었다.

다른 차량에 비해 베어바겐의 수리비가 너무 비쌌던 것이다.

"저희도 어쩔 수가 없어요. 저희가 정식 수입 업체도 아니고 국민들 중 소비자의 편의를 위해 수입해서 수리해 드리는 거라 아무래도 비용이 비싸요."

"망할 일성 놈들…… 책임도 안 지고."

사람들은 이를 뿌드득 갈았다.

정부에서는 리콜하라고 명령했는데 일성에서 제출한 계획서에는 '열심히 하겠습니다.'라는 한마디만 쓰여 있었던 것이다.

화가 난 정부는 만일 국내 법규에 맞지 않는다면 강제로 영업정지 명령을 내리겠다는 카드를 꺼내 들었다. 그런데 그걸로 인해 운전자들이 손해를 보게 되었다.

"이거 좀 할인해 주시면 안 됩니까?"

"저희도 어쩔 수 없다니까요."

정비 기사는 어깨를 으쓱하면서 상대방의 눈치를 살폈다. 그러다가 슬쩍 떡밥을 던졌다.

"그렇다면 차라리 그들한테서 수리비를 받아 내시는 게 어때요?"

"수리비요?"

"네, 이번에 대룡에서 소송한다던데요."

"대룡에서요? 아니, 대룡이 무슨 관계가 있다고요?"

"대룡이 아니라 대룡평등재단에서 하는 거죠."

그는 슬쩍 지금 준비하고 있는 소송에 대해 설명했다. 그러자 차 주인은 심각하게 고민하기 시작했다.

"생각해 보세요. 어차피 저건 재수 없으면 못 쓰니까."

수리 기사의 말에 차 주인은 흔들리기 시작했다.

“뭐라고!”

김석패는 보고서를 받고는 정신이 아득했다.

“지금까지 2만 명이 모였답니다. 그리고 더 모이고 있구요.”

“미친 거 아냐? 왜 그렇게 모이는데?”

평소 소송한다고 하면 기껏해야 백 명 정도 모인다. 그런데 벌써 2만 명이라니. 이해할 수 없는 일이었다.

“그게…… 워낙 고가인 데다가…….”

“그래도 너무 많잖아!”

비서는 말을 해야 하나 말아야 하나 고민했다.

‘그래, 어차피 이러나저러나 욕먹는 건 마찬가지다.’

보고하는 내용이 마음에 들지 않으면 엄청나게 욕하는 김석패다. 그러니 피하고 싶지만 이건 보고하지 않을 수도 없는 내용이다.

“아무래도 대룡이 뒤에 있는 듯합니다.”

“뭐라고?”

“대룡평등재단에서 소송을 지원한다고 합니다.”

“평등재단에서?”

“네.”

“이익…….”

대룡평등재단.

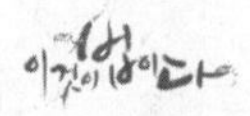

돈이 없어 소송을 못하는 피해자들을 구제하기 위해 대룡에서 만들어 놓은 단체로, 솔직히 그들이 소송권을 가지고 있는 것은 아니다.

그래서 성화에서 그다지 신경을 쓰는 집단이 아니었다. 그런데 그들이 생각지도 못한 곳에서 튀어나온 것이다.

"대룡평등재단에서 적극적으로 소송 당사자들을 모집하자 사람들이 적극적으로 모집에 응하고 있습니다."

하긴 돈이 워낙 크다 보니 소송하지 않을 수가 없었으리라.

"그거 불법 아냐?"

"소송대리를 하는 게 불법인 거지, 소송비용을 지원하는 것은 불법이 아닌지라……."

대룡이 자동차 거래에 끼어든 순간부터 자신을 노릴 거라 생각하고는 있었다. 하지만 이렇게 전격적으로 당할 거라 생각하지는 못했다.

"그럼 소송은……."

"하아."

대룡이 소송을 건다.

거기에다가 상대방이 성화라고 한다면 그다음에 나올 말은 뻔했다.

"새론입니다."

"빌어먹을!"

김석패는 분노를 제어하지 못하고 길길이 날뛰었다.

"친애하는 재판장님."

노형진은 재판장을 보면서 입을 열었다. 그러나 재판장은 얼굴을 찡그릴 수밖에 없었다.

"이보시오, 노 변호사."

"네?"

"그만합시다."

"뭘요?"

"그 친애하는 재판장님이라는 말을 오늘 하루만 벌써 스물두 번 들었습니다."

"그런가요?"

"누구 죽이려고 작정했소?"

재판장은 노형진을 보면서 질렸다는 얼굴이 되었다.

그럴 수밖에 없는 것이 오늘 하루 종일 잡혀 있는 소송이 총 50건인데 전부 일성에 대한 소송인 것이다. 더군다나 그 변호사까지 모조리 노형진이다.

"그래도 이건 다른 사건인데요."

"그래도 너무하지 않소?"

소송인의 수는 무려 5만 5,400명. 게다가 지금도 계속 늘어나고 있다.

"인간적으로 너무하지 않소?"

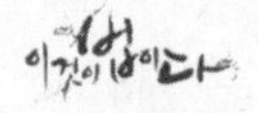

"무슨 말씀이신지?"

"소송 말이오! 소송! 뒤를 보시오! 아무도 없지 않소!"

노형진은 고개를 돌려서 방청석을 바라보았다. 그곳에는 한 명도 없었다.

당연하다. 하루 종일, 아니 일주일 내내 똑같은 내용의 똑같은 재판만 계속하니 누가 오겠는가?

보통 방청객은 호기심으로 오는 사람 아니면 사건에 관련된 자인데 지금은 어느 쪽도 없을 수밖에 없는 상황이었다.

"하아, 도대체 왜 이러는 거요?"

"전 그냥 의뢰를 수행하는 중인데요?"

"근데 왜 그 많은 걸 따로 고발하느냔 말이오!"

보통은 이런 사건은 한꺼번에 묶어서 처리하는 것이 관례다. 그래야 사건이 한 번에 해결되기 때문이다. 그런데 새론은 건건이 고소해 모두 따로 소송해야 했다.

"그거야…… 의뢰인이 그렇게 요구했으니까요."

"그러니까 왜 그런 요구를 했느냔 말이오!"

"아시잖습니까?"

노형진이 빙긋 웃자 판사는 속으로 죽을 맛이었다.

'망할.'

묶어서 고소하면 판사들은 보통 당사자가 많다는 이유로 배상비를 깎아 준다. 그래도 별로 티가 나지 않으니까. 하지만 하나씩 들어오는 경우는 티가 나서 깎아 주는 데에 한계가 있다.

"그럼 계속할까요?"

"그러시오."

들었던 소리를 또 듣고 또 듣는 그로서는 죽을 맛이었지만 그렇다고 재판하지 않을 수도 없었다.

"그럼 다시 시작하겠습니다. 이번 사건은……."

⚖

"죽을 맛입니다."

"이대로 가면 과로로 죽을 겁니다."

이런 사건이 대량으로 발생한다고 해서 다른 사람들이 소송을 넣지 않은 건 아니다. 그러나 그렇다고 판사들이 늘어나는 것도 아니다. 결과적으로 판사들은 지독한 과로에 시달릴 수밖에 없었다.

"보셨습니까?"

"뭘요?"

"다음 소송을 준비한답니다. 지금 들어온 소송만 4천 건인데 또 넣는답니다. 올해, 아니 내년까지 이 짓만 해야겠습니다."

"끄응……."

사건은 시간순으로 진행된다. 그럼 다른 사람들의 소송은 실질적으로 멈추게 된다.

"더군다나 사건이 너무 오래 걸리면 인사고과도 안 좋아집니다."

"……."

사건을 장시간 해결하지 않으면 인사고과 점수가 떨어진다. 당연히 판사들이 승진하는 데에 악영향이 있을 수밖에 없다.

"부장판사님, 이대로는 못삽니다."

"맞습니다. 이대로는 못살아요."

"후우."

부장판사는 한숨을 쉬면서 고개를 끄덕거렸다.

"그렇다면 제가 노 변호사를 만나서 이야기해 보지요."

"과연 그 녀석이 물러날까요?"

부장판사는 노형진을 생각하고는 고개를 끄덕거렸다.

"제가 그 녀석을 좀 압니다만 그 녀석은 노리는 게 있지 않으면 이렇게 우리를 엿 먹일 놈이 아닙니다."

"그런가요?"

"네, 그 녀석은 적을 만드는 걸 두려워하지는 않지만 그렇다고 쓸데없이 적을 만드는 녀석도 아니니까요."

"그럼……."

"우리한테 요구할 게 있으니까 이런다는 거죠."

"끄응."

다들 신음성을 흘렸다. 하지만 부장판사는 그나마 다행이라고 생각했다.

“그렇게 걱정하지 않아도 됩니다. 최소한 무리한 부탁을 하는 녀석은 아니니까요.”

“그럴까요?”

“네, 그러니까 제가 만나서 이야기해 보겠습니다.”

부장판사는 마음을 굳혔다.

“반갑습니다.”

“뭐, 인사는 그만하지. 자네, 우리 판사들을 죽이려고 작정했나?”

사건이 발생할 경우, 사건에 대한 소송을 진행할 수 있는 곳은 세 곳이다. 첫째가 피해자의 주소지, 둘째가 가해자의 주소지, 셋째가 사건의 발생지.

그런데 노형진은 가해자의 주소지인 일성의 주소지에 모조리 소송을 넣은 바람에 판사들은 과로로 죽을 맛이었다.

“어쩔 수 없지 않습니까? 계약서에 그곳이 소송 지역으로 하도록 못 박혀 있는데요.”

“끄응, 그건 그렇다고 치고 도대체 왜 따로 하는 건가? 우리가 따로 판결하려면 얼마나 힘들지 알지 않나?”

“알지요.”

노형진이 판사를 해 보지 않았다고 그들의 고통을 모르는 건 아니다. 그들이 써야 하는 판결문의 양은 일반적인 사람들의 상상을 초월한다. 그리고 사건이 많아질수록 그 양은 갑절이 된다.

"그런데 왜 그러나?"

"전에 말씀드렸잖습니까? 의뢰인들이 그렇게 하기를 원한다고요."

"도대체 왜?"

"알면서 왜 그러십니까?"

그때와 같은 문답. 그리고 부장판사는 결국 두 손 두 발 다 들을 수밖에 없었다.

"알았네, 알았어. 깎아 주지 않으면 되지 않나!"

"어떻게 믿습니까?"

"끄응……."

노형진이 요구하는 것. 그건 다른 게 아니었다. 어쭙잖게 대기업의 편을 들어 준답시고 손해배상금을 깎지 않을 것. 우리나라 법원의 고질적인 병폐였다.

"솔직히 말해서 우리가 같이 소송하면 1인당 100만 원이나 나올까요? 숫자가 많다고 무조건 깎으려고 하실 거 아닌가요?"

"……."

"그런데 누가 소송하겠습니까?"

"후우, 알았네. 원하는 대로 해 주겠네. 그러니까 우리 좀 봐주게."

노형진은 한 장의 종이를 내밀었다.

"설마?"

"변호사와 판사가 만나서 형량이나 배상금 미리 이야기하는 거 불법 아닙니까? 으흐흐흐."

"끄응……."

불법이다. 그러니 노형진이 묶어서 소송하면 여기서는 깎아 준다고 말했어도 재판할 때는 모른 척 깎을 수도 있다.

"사인하시죠. 흐흐흐."

부장판사는 똥 씹은 얼굴로 펜을 들 수밖에 없었다.

⚖

"많이 줄었군요."

"그렇지요."

사인받고 난 후 노형진은 소송을 묶기 시작했다. 하지만 그걸 한꺼번에 묶지는 않았다. 계약서를 써 놨지만 미친 척하고 지키지 않을 수도 있기 때문이다.

"일단 차량별로 그리고 연식별로 묶어서 소송합시다."

노형진은 소송의 근거를 명확하게 하기 위해 적당한 기준을 세워서 사건들을 묶기 시작했다.

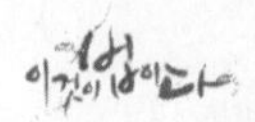

"소송은 소형차부터 대형차 순서로 합니다."
"이런 식이면 확실히 나중에 다른 말을 못하겠군요."
"그렇지요."
손예은은 고개를 끄덕거렸다. 이런 식으로 하면 앞쪽 사건에서 장난치면 뒤쪽 사건이 다시 개별 사건으로 들어가기 때문에 무서워서라도 깎을 수가 없게 된다.
"일단 이 소송이 결정되면 아마 이번 싸움은 끝날 겁니다."
노형진은 미소를 지으면서 소송을 준비했다.

⚖

"판결금 320억……."
김석패는 멍하니 판결문을 바라보고 있었다.
무려 320억의 손해배상.
어느 정도 깎일 거라 생각했지만 거의 깎이지 않은, 전액 배상하라는 판결.
"이런……."
잘해야 100억 정도 나올 거라 생각했다. 그런데 320억이라니. 한 대당 300만 원 선이다.
그나마도 소형차 기준이다. 준중형과 중형 그리고 대형 등 다른 차종은 아직 시작도 안 했다.
"이럴 수가……."

막대한 돈을 들여서 고용한 전관도, 로비스트도 아무런 효과를 보지 못했다.

사실 그럴 수밖에 없다. 전관이야 선배일 뿐이고 로비스트는 돈을 준다. 하지만 노형진의 계획대로라면 판사들은 과로사를 피할 수 없다. 누구나 목숨은 아까운 법이다.

"이건 뭔가 잘못된 거야. 이건 뭔가……."

그는 애써 상황을 인정하지 않으려고 했다. 그 순간 문이 열리면서 들어오는 한 남자.

"유 비서?"

유 비서는 아버지의 비서다. 그런데 그가 찾아온 것이다.

"오랜만입니다, 도련님."

"자네가 여기에 어쩐 일로?"

"어르신이 뵙자고 하십니다."

얼굴이 부들부들 떨리는 김석패.

"나…… 나를 말인가?"

"네."

"나…… 나중에 가겠다고 하게. 회사…… 사정이 좋지 않아서 일이 많다고……."

자신에게 벌어지는 일을 부정하기 위해 그는 애써 도망가려고 했다. 하지만 상대방은 그럴 생각이 없어 보였다.

"당장 오라고 하셨습니다."

"당장…… 말인가?"

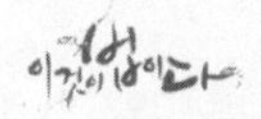

"네."

"……."

결국 도살장에 끌려가는 돼지처럼 아무런 말도 하지 못한 채로 아버지의 회사에 들어간 그는 아버지의 모습을 보고 얼어붙었다.

"아버지……."

평소에는 자신이 오면 소파에서 일어나서 맞이하던 아버지다. 그런데 오늘은 평소와 다르게 자리에서 일어나지 않았다.

"아…… 아버지?"

"왔느냐?"

"네."

"이번에 큰 실수를 했더구나."

"그게…… 대룡의 방법을 예측하지 못해서……. 걱정하지 마십시오. 그 부분은 제가 해결합니다. 일단 항소하고 나서 차주들에게 적당히 사과하면……."

하지만 아버지는 그 말을 듣지 않았다. 그 대신에 하얀 봉투를 책상 너머로 건넬 뿐이었다.

"이건?"

"그동안 수고했다. 새로운 발령서다."

"바…… 발령서라니요."

"고생이 심했으니 좀 쉬어야지."

김석패의 다리가 후들후들 떨리기 시작했다. 자신이 생각할 수 있는 최악의 사태가 벌어지고 있는 것이다.

"아버지, 전 아직 일어날 수 있습니다. 기회를 주시면……."

"내가 뭐라고 했느냐? 가서 좀 쉬고 오라는 뜻이다."

떨리는 손을 그 발령서를 받아 든 김석패는 내용물을 꺼내서 읽어 보더니 그대로 무너졌다. 그 바람에 발령서는 허공에서 나풀거리면서 날아가다가 바닥에 떨어졌는데 거기에는 '마라도 지점장 발령'이라고 쓰여 있었다.

"아버지! 한 번만…… 한 번만 봐주십시오! 한 번만 용서해 주시면 제가 어떻게든 일어나겠습니다. 아버지, 이 소자를 한 번만 믿어 주십시오!"

무릎을 꿇고 사정사정을 하는 김석패. 하지만 그의 아버지는 그를 힐끗 보더니 전화기를 들었다.

"유 비서."

"네."

"떠나는 배편이 얼마 남지 않았으니 서두르게."

"네, 어르신."

"아버지! 한 번만…… 제발 한 번만!"

김석패는 그에게 사정사정하고 있었지만 유 비서는 그를 사정없이 끌고 나가서 차에 태워 버렸다. 그리고 망연자실하게 앉아 있는 그의 가슴에 비수를 콱 박아 버렸다.

"그리고 보니 마라도는 다시마가 유명하다던데요? 선물 기대하겠습니다."

"서…… 선물?"

"안녕히 가십시오."

몰락한 재벌가의 자제는 더 이상 가치가 없다. 그리고 형제들의 파워 게임 때문에 다시는 돌아올 수도 없다. 그러니 그는 가치가 없다.

유 비서는 그를 비꼼으로써 그걸 확실하게 느끼게 해 준 것이다. 그는 이곳에 쓸모없는 인간이 되었다는 것을 말이다.

"출발했습니다."

"음……."

김석패의 아버지는 통유리로 된 창가에 서서 멀어지는 차를 바라보고 있었다.

"새론이라……."

그는 얼굴을 찌푸리면서 심각한 얼굴로 고민했다.

"빠르군."

"어차피 돈이 되는 곳은 아니니까요."

일성은 순식간에 폐업 처리를 시작했다. 아예 살려 볼 생각도 하지 않았다. 일성이 살아 있는 동안에는 엄청난 소송을 당할 게 뻔하기 때문이다.

"일단 성화 본진은 아니지만 후계자 하나는 날려 버렸군."

"네."

그리고 새로운 시장 하나가 날아간 성화는 생각지도 못한 큰 타격을 입을 수밖에 없었다.

"이제 어쩔 건가?"

"어쩌긴요. 바로 집어삼켜야지요."

"집어삼켜?"

"한국의 수입 차 시장은 이미 검증되었습니다. 엄청나게 성장했죠. 이 상황에서 독점하고 있던 일성이 사라졌지요."

"오호, 그렇군."

수입 차 시장에서 일성이 사라졌으니 다른 기업들이 그 시장을 노릴 게 뻔하다.

"아마 수입 권한을 얻기 위해 수많은 싸움이 있을 겁니다."

"하지만 유리한 건 우리지."

"그렇지요. 후후후."

대룡은 이미 수리 라인도 갖추고 중고차 사업도 운영하고 있다. 쉽게 말해 인프라가 존재하니 새로운 시작을 위한 돈이 적게 든다는 뜻이다.

"그렇다면 싼 가격에 차를 팔 수 있을 겁니다."

그러면 수입 차의 점유율이 높아질 테고 말이다.

"성화한테 미안한걸?"

성화가 키워 놓은 시장을 그대로 삼키게 된 유민택은 그렇게 말했지만 전혀 미안한 얼굴이 아니었다.

"뭐, 미안해할 필요 있습니까? 하하하."

모든 걸 끝낸 노형진은 기쁜 마음으로 웃을 수 있었다.

다음 권으로 이어집니다